담덕사랑 장편소설

FUSION FANTASTIC STORY

삼국지 더 비기닝 2

담덕사랑 장편소설

초판 1쇄 찍은 날 § 2017년 4월 6일
초판 1쇄 펴낸 날 § 2017년 4월 13일

지은이 § 담덕사랑
펴낸이 § 서경석

편집책임 § 김경민

펴낸곳 § 도서출판 청어람
등록번호 § 제387-1999-000006호
등록일자 § 1999. 5. 31
어람번호 § 제1-2672호

주소 § 경기도 부천시 원미구 부일로 483번길 40 서경B/D 3F (우) 14640
전화 § 032-656-4452 팩스 § 032-656-4453
http://www.chungeoram.com
E-mail § chungeorambook@daum.net

ISBN 979-11-04-91265-8 04810
ISBN 979-11-04-91263-4 (세트)

三國志 삼국지 더비기닝

②

담덕사랑 장편소설

FUSION FANTASTIC STORY

도서출판 청어람

三國志

삼국지

더 비기닝

목차

제1장

의제(義弟) 조자룡

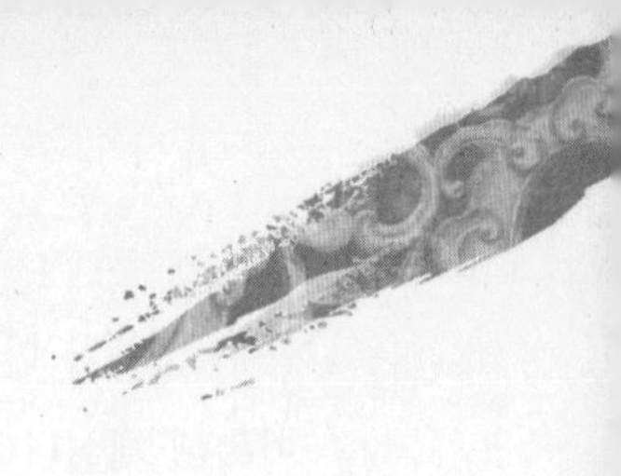

어느새 해는 저물어갔고, 내황공주가 있는 후원에는 땅거미가 내려앉았다.

계의 태수부는 말이 관청이지 예전 연나라의 왕궁 부지에 있었기에 엄청난 규모였다.

수현과 조운은 후원에 있는 드넓은 연못가 다리 앞에서 멈췄다.

연못을 가로지르는 타원형의 긴 다리 앞에 두 사람이 도착하자, 대기하고 있던 시녀 하나가 인사를 해왔다.

"진 공자님을 뵙습니다."

"공주 전하를 만나고 싶은데 어디에 계시지?"

"저쪽에 계십니다."

시녀가 가리키는 곳은 연못의 중앙에 있는 작은 팔각 형태의 정자였다.

그러면서 그 시녀는 다리를 건너 내황공주에게 두 사람이 방문한 것을 알렸다.

잠시 후 시녀가 돌아와 안으로 들어가도 된다고 알려주었다.

수현과 조운이 다리를 지나 팔각정 안으로 들어서자 내황공주가 두 사람을 반갑게 맞이했다.

"어서 오세요, 여기까지 웬일이신가요?"

여인이 가장 아름다운 시기가 이팔청춘이라고 하였다. 그 때문인지는 모르겠지만 내년에 열여섯이 되는 내황공주는 화사한 봄꽃처럼 아름다웠다.

수현은 내황공주가 현대 시대를 살았다면 엄청난 스타가 되었을 거라고 생각했다.

단정히 정리된 머리와 짙은 눈썹, 그리고 하얀 피부에 갸름한 턱 선은 전형적인 현대의 미인상이었다.

더구나 마음속으로 연모하고 있는 조운이 있기 때문인지 내황공주는 애써 성숙한 여인의 모습을 보이려고 하였다. 그 때문에 귀엽게 보이기보다는 아름답다는 느낌을 강하게 심어주었다.

"앉으세요."

내황공주가 정자 한편에 있는 돗자리로 올라가면서 그처럼 말했다.

그러자 수현과 조운은 각자 작은 서탁 앞에 앉아 내황공주를 마주 보았다.

"공주 전하, 긴히 드릴 말씀이 있어 이렇게 찾아왔습니다."

"그래요? 너희들은 그만 물러가라."

"예, 공주 전하."

수현은 시녀들이 물러나기를 잠시 기다리다가 입을 열었다.

그는 내황공주에게 지금의 상황을 자세히 설명을 해주었다.

내황공주는 동탁이 옹립한 황제란 것 때문에 제후들이 독자적인 세력으로 성장할 것이라는 수현의 말을 듣자 두려움이 엄습해 왔다.

하지만 암투가 난무하는 황궁에서 자란 내황공주는 겉으로 자신의 감정을 드러내지 않았다.

그러다 문뜩 자신이 왜 그런 일을 두려워하고, 황제를 걱정하나 싶었다.

'흥! 어차피 친동생도 아닌데!'

내황공주가 생각하는 동생은 다름이 아니라 바로 동탁의

손에 이끌려 황위에 오른 헌제였다.

올해 겨우 9살의 어린 황제가 홍농왕의 자리를 강탈했다는 생각이 들자 화가 치밀어 올랐다.

그러다 금세 이복동생과 함께 놀았던 추억이 떠올랐고, 아련한 추억을 회상하자 어린 황제를 차마 미워할 수가 없었다.

'동생이 무슨 잘못이 있겠어, 모든 것이 동탁 그놈 때문인 것을…….'

그렇게 어린 이복동생을 걱정하기 시작하자 내황공주는 감정이 격해져 눈물이 고였다.

그녀는 자신의 그런 모습에 놀라 황급히 소매 안에서 비단 손수건을 꺼내 눈물을 훔쳐냈다.

"폐하의 보령이 이제 겨우 아홉이신데, 잘 지내고 계실까요?"

"동탁의 손에 있기는 하지만 무사하실 겁니다."

"그럼 홍농왕 전하의 안전은 어떻게 되는 건가요?"

"공주님도 아시겠지만 지금의 상황으로는 연합에 가담한 제후들을 믿을 수밖에 없습니다."

내황공주는 수현의 그런 말에 앙증맞은 작은 손으로 주먹을 힘껏 쥐었다.

자신의 오라비인 홍농왕을 생각하면 지금이라도 달려가고 싶었다. 하지만 이곳 계는 머나먼 북쪽의 변방이었고, 그 때문에 애써 참는 것 외에는 할 수 있는 것이 없었다.

"공주 전하, 외람되지만 앞으로 정국은 더욱 혼란스러워질 것입니다."

"형부! 그게 무슨 말씀이세요!"

"동탁이 강제로 옹립한 지금의 황제를 과연 지방의 관리들이 따르려고 하겠습니까?"

"그럼 저들이 칙령을 무시한다는 말인가요?"

"아마도 그리될 것입니다. 그리된다면 당연히 나라는 어지러워질 것이고, 각지에서 난이 일어날 것입니다."

그 말에 내황공주는 또다시 황건적의 난이 일어날 것만 같아 두려워졌다.

지금의 동탁이 정권을 잡을 수 있었던 것은 모두 십상시들과 황건적의 난 때문이었다. 그러니 내황공주가 두려워하는 것은 당연한 것이었다.

"공주 전하, 혼란의 시대에는 강력한 군대가 필수입니다. 그래야만 또 다른 동탁이 나타나는 것을 막을 수가 있습니다. 저를 믿으신다면, 제가 병사를 양성할 수 있도록 허락을 해주시기 바랍니다."

"형부, 그 일은 아녀자인 제가 관여할 수 있는 일이 아닙니다."

그러자 그때까지 가만히 듣고 있었던 조운이 입을 열었다.

"공주 전하, 역적 동탁을 처벌하기 위해서는 반드시 군대가 필요합니다. 또한 동탁 같은 자들이 나타나는 것을 막는 것도 강력한 군대가 있어야만 가능한 것입니다."

조운의 말에 내황공주는 고민에 잠겼다.

그녀는 두 사람의 말을 들으니 뛰는 가슴이 좀처럼 진정되지가 않았다. 두려움이 온몸을 난도질하는 것만 같았다. 정말이지 이런 자리를 피할 수만 있다면 그러고 싶은 내황공주였다.

그러면서도 자신은 일국의 공주라고 마음속으로 되뇌며 입을 열었다.

"형부, 한 가지만 약속을 해주세요."

"예, 전하. 말씀하시지요."

"군대를 양성하신 후에 반드시 홍농왕 전하를 구하겠다는 약속을 해주세요, 그리하시면 병사를 양성하는 것을 허락하겠습니다."

"그리하겠습니다, 허락을 해주시니 감사합니다."

그런 답을 하는 수현은 미안한 심정이었다. 아직 소식이 전해지지 않아서 모르는 것이지, 이미 홍농왕은 동탁의 마수에 이승을 떠난 상태였다.

차마 그런 사실을 밝힐 수가 없는 수현인지라 그는 내황공주에게 진심으로 미안해하였다.

그런 수현의 마음을 알 리가 없는 내황공주는 오히려 환하게 표정이 밝아지면서 말했다.

“아닙니다, 이렇게라도 도와드릴 수 있다는 것이 기쁩니다.”

“전하, 병사를 양성하기 위해서는 막대한 자금이 필요합니다. 차제에 양평으로 돌아가면 소금을 생산하고, 판매한 소금을 군자금으로 쓰려고 합니다.”

“예, 그렇게 하세요.”

“그리고 조만간 전하께서는 여기를 떠나 양평으로 가셔야 할 것 같습니다.”

“양평이라니요?”

“이곳은 흑산적들의 근거지인 기주와 인접해 있어 전하의 안전이 염려가 됩니다. 그러니 저와 함께 가시지요.”

말은 그렇게 하지만, 실상은 그녀를 양평으로 데려가서 자신이 하고자 하는 일의 당위성을 보이려고 하는 것이었다. 그러나 내황공주에게는 그런 사실을 밝히지 않고, 그저 흑산적들 때문이라고 말했다.

그런 말에 내황공주는 조운을 바라보았다.

그녀는 흑산적에게 화살을 맞은 기억 때문에 두려웠지만, 조운이 마음에 걸렸다.

형부인 수현 덕분에 조운이 유주의 병권을 책임지는 교위가 되었다는 것을 알고 있었다. 그런데 자신이 양평으로 떠나

버리면 조운을 볼 수 없을 것만 같았다.

"아! 자룡도 이번에 저와 함께 갑니다. 그곳에서 병사들을 훈련시켜야 합니다."

그러자 환하게 표정이 변해가는 내황공주였다.

"그럼 교위직은 어떻게 되나요?"

"그것은 할아버님께서 겸직을 하시기로 하였습니다."

"공주 전하, 실은 형님께서 요동의 태수가 되실 겁니다. 공손 태수는 이곳으로 와서 황숙의 관직을 물려받으실 예정입니다. 황숙께서는 제가 양평에 있어도 관직은 유지된다고 하셨습니다."

"아! 감축드려요. 그럼 그리 알고 기다리겠습니다."

마침내 수현은 병사를 양성하는 것과 소금을 생산하는 것을 내황공주에게 승인받아 합법적으로 진행하게 되었다. 비록 내황공주가 여인의 몸이라지만, 홍농왕이 죽은 지금으로서는 확실한 대의명분이 되어주었다.

물론 동탁에 의해서 강제로 옹립된 현(現)황제가 있지만, 수현은 황제를 동탁의 꼭두각시로 여기고 있었다. 그것은 다른 제후들도 같은 생각일 것이기에 허수아비 황제 따위는 전혀 부담이 되지 않았다.

수현은 그렇게 모든 것이 순순히 해결되자 조운을 바라보며 입을 열었다.

"자룡."

"예, 형님."

"공주 전하께서 적적하실 것이니 말 상대라도 해드리고 오게."

"혀, 형님!"

"그럼 나는 가네. 전하, 이만 물러가옵니다."

내황공주에게 인사를 하고 바람처럼 멀어져 가는 수현이었다.

조운은 갑자기 내황공주와 단둘이 남게 되자 당황하는 모습을 감추지 못하며 어찌해야 할 바를 몰랐다.

"조 공, 달빛이 참 좋지 않나요? 산책하기에 그만이네요."

그러면서 내황공주는 자리에서 일어나 후원으로 천천히 걸어갔다.

조운은 내황공주를 바라보다 마지못해 따라나설 수밖에 없었다.

후원에는 일정한 간격으로 어둠을 밝혀주는 석등이 켜져 있었고, 이름 모르는 풀벌레 소리가 고즈넉한 운치를 자아냈다.

조운과 나란히 걷던 내황공주는 수현의 마음을 알기에 너무나 고마웠다.

간간히 조운과 말을 섞으면서 후원을 거니는 내황공주의 입가에 화사한 미소가 만들어졌다.

*　　　*　　　*

다음 날 저녁.

황숙 유우에게 귀순한 오환족의 선우(족장) 구력거의 거처에 한 젊은 사내가 나타났다.

그 사내는 그리 크지 않은 신장이었다. 그러나 체구는 근육질이었고, 얼굴에는 덥수룩한 수염이 가득했다.

마치 한 마리 흉포한 곰처럼 생긴 그 사내가 오환족의 대족장 구력거의 집에 나타나자 살림을 돌보던 부족민 하나가 공손히 인사를 해왔다.

"숙부님께서는?"

"안에서 기다리십니다."

그러자 그 사내는 대문과 마당을 지나 작은 가옥 앞에서 조심스럽게 말했다.

"숙부님, 접니다."

"들어오너라."

사내가 문을 열고 안으로 들어서자 순간 지독한 약 냄새가 뿜어져 나왔다.

가옥 안 침상에 누워 뜸을 맞고 있는 대족장 구력거를 바라보던 사내는 어느 정도 냄새에 적응이 되자 안으로 들어섰다.

그에 대족장 구력거는 자신을 돌보던 의원에게 힘없이 손짓을 했다.

그러자 의원이 의구들을 정리하고 밖으로 나갔다.

구력서는 침상에서 일어나 옷을 챙겨 입으면서 말했다.

"뭘 그리 보고만 있어. 앉거라."

그러자 그 사내가 구력거 옆으로 가서 방석에 앉으며 물었다.

"많이 편찮으십니까?"

"너도 알지 않느냐, 우중충한 날이면 쑤시지 않는 곳이 없다."

그러자 구력거를 바라보는 사내의 표정이 애처롭게 변해갔다.

숙부가 젊은 날에는 맹수보다도 용맹스러웠고, 태산보다도 위엄이 있었다.

그런데 몇 년 전에 입은 부상으로 인해 이제는 이빨이 빠지고 힘없는 호랑이처럼 여겨졌다.

백발이 성성한 구력거를 보고 있자니 코끝이 찡해져 오는 사내였다.

"그러게 왜 중산까지 따라가신 겁니까. 몸도 성하지 않으시면서! 겨우 공주라는 계집애 때문에!"

"답돈아."

"예, 숙부님."

"황숙께서 나를 거두어주신 덕분에 내 말년이 편안하다. 그분께서 늙은 내게 부탁을 하실 때는 그만한 이유가 있는 것이다. 그나저나 네가 걱정이구나."

"그게 무슨 말씀이세요!"

답돈으로 불린 사내는 숙부의 말에 심통이 나서 퉁명스럽게 내뱉었다.

"나야 내일 죽는다 하여도 이상할 것이 없다. 하나, 너는 장차 내 뒤를 이어가야 하는 몸이다."

"걱정 마세요! 제가 알아서 합니다!"

답돈이 잔뜩 인상을 쓰며 말하자, 오환의 대족장 구력거는 걱정스러운 눈빛으로 조카를 바라보았다.

흉노에 의해 분열되었던 오환의 부족을 통일한 대족장이 지금의 구력거였다.

그는 자신이 살아갈 날이 얼마 남지 않았다는 것을 알았고, 그에 어린 아들을 대신하여 조카인 답돈에게 대족장의 자리를 물려주겠다고 하였다.

그러나 조카 또한 나이가 어린지라 불안스러운 것은 어쩔 수가 없었다.

"이제 네 나이 열일곱, 아직은 어리고 경험이 미숙하여 부족을 통솔하기에는 미흡한 것이 많다."

"열심히 노력하고 있습니다."

"혹시, 진 공자를 아느냐?"

"당연히 알고 있습니다, 황숙의 손녀사위가 아닙니까?"

"내 그를 따라 중산에 갔을 때 그와 많은 얘기를 나눴었다. 그는 참으로 큰 사람이다."

"예? 그게 무슨?"

"진 공자는 우리 오환을 북방 출신이라고 해서 멸시하지 않았다. 그는 우리를 한인들과 동등하게 여기고 있었다."

"정말이십니까!"

답돈은 숙부의 말이 믿기지가 않는다. 그럴 수밖에 없는 것이 후한의 조정은 자신들을 오랑캐라고 하면서 멸시와 핍박을 일삼았기 때문이었다.

그는 수현을 황숙 유우의 손녀사위로 알고 있었다. 그러나 수현의 출신에 대한 것은 자세히 몰랐다. 그 때문에 수현을 후한의 관리로 알고 있었고, 그런 이유로 숙부 구력거의 말이 믿기지가 않는 것이다.

"저는 황숙께서 그런 말씀을 하셨다면 믿겠지만, 진 공자가 한 말은 믿음이 가지 않습니다."

"그럴 것이다. 그보다 오늘 황숙께서 나를 은밀히 부르셨다."

"그랬습니까?"

"조만간 진 공자가 요동의 태수로 가게 되었다더구나. 그러면서 나에게 진 공자를 도와달라고 하셨어."

"숙부님은 무어라 답을 하셨는지요?"

"진 공자의 나이가 이제 스물둘이다. 젊은이는 젊은 사람들끼리 해야 할 일이 있다고 하였다. 그래서 네가 그자를 따라 요동으로 가서 직접 눈으로 보고 확인을 했으면 한다. 너의 선택에 우리 부족의 미래가 결정된다."

"알겠습니다, 그럼 제가 요동으로 가겠습니다."

"고맙구나, 그럼 내일 진 공자를 만나보도록 하자."

"그러지요."

구력거는 부족의 미래를 걸고 도박을 하는 심정이었다.

그의 조카 답돈은 만약 수현이 자신이 생각하는 인물이 아니라면 미련을 두지 않기로 마음먹었다.

*　　　*　　　*

다음 날 오전.

황숙 유우는 수현이 내황공주에게서 병사를 양성하고, 소금을 생산하는 것에 승낙을 받아냈다는 말에 기뻐했다.

유우는 아무리 자신이 황족이라고 하여도 손녀사위가 병사를 양성하고, 전매품을 취급한다는 것에 내심 불안했다. 자칫하면 역모로 몰릴 수도 있는 일이기 때문이었다.

그런데 선황 영제의 소생인 내황공주가 승낙을 했기에 최소한 역모로 몰리는 일만은 막을 수 있게 되었다. 그러기에 유우는 한시름 덜었다고 생각했다.

또한 수현이 요동태수가 되는 일을 당분간은 부중의 관리들에게 밝히지 않을 계획이었다.

자신이 퇴임하는 것은 요동태수 공손도가 계에 도착한 후에 밝힐 생각이었다.

한편, 수현은 자신의 거처에 있었다.

이제는 계의 관리가 아니다 보니 조회에 참석하지 않아도 되었다. 갑자기 시간이 남아돌았고, 그러다 보니 양평에 두고 온 부인 공손란이 그리워졌다.

자신이 길을 떠날 때 하염없이 눈물을 흘리던 공손란이 떠오르자 가슴 한편이 마치 예리한 칼로 저미는 것처럼 아려왔다.

"이제 나도 이곳 사람이 다 되었구나……."

수현은 사람은 환경에 적응하는 동물이라고 생각하며 홀로 차를 음미했다.

몇 달 동안이나 공손란을 보지 못했다. 언제나 자신보다 늦게 자고, 일찍 일어나는 공손란이 떠오르자 입가에 엷은 미소가 만들어졌다.

"부부 사이에 뭘 그리도 감추려고 하는지……."

공손란이 그러는 것이 자신 때문이라는 것을 알기에 싫지만은 않았다.

끼이익!

그때 수현이 머무는 전각의 대문이 요란한 소리를 내며 열렸다.

잠시 기다리자 문밖에서 반가운 이의 음성이 들려왔다.

"형님, 계십니까?"

"들어오게."

조운이 문을 열고 나타나자 수현은 자리를 권하며 그를 맞이했다.

"조회가 일찍 끝났는가 보군. 할아버님은 만나뵈었는가?"

"예, 조회가 파하자 은밀하게 공주 전하의 승낙이 있었다는 것을 알려 드렸습니다."

"수고하였네."

조운은 수현이 있는 자리 근처로 가서 앉았다.

그런데 조운이 기다란 목함을 곁에 내려두었고, 그것을 본 수현이 궁금하여 물었다.

"그게 뭔가?"

"외성에 황건적의 난을 피해 들어온 솜씨 좋은 대장장이가 있다고 합니다, 그자에게서 검 한 자루를 구했습니다. 형님께 드리는 선물입니다."

"선물?"

"예, 명색이 교위까지 지내신 분이시고 앞으로는 요동태수가 되실 분이 검 한 자루 없다면 체면이 말이 아니지요."

그러면서 조운은 가져온 목함을 수현 앞에 있는 서탁에 조심히 내려두었다.

수현이 옻칠로 마감한 목함을 열자 감탄한다.

"오! 대단한데!"

"황숙의 손녀사위께 드릴 것이라고 했더니 이렇게나 좋은 검을 주었습니다. 황숙께서 마음 편하게 지내게 해주신 것에 대한 고마움의 뜻이랍니다."

황건적의 난이 평정되었지만 유주의 주도 계에는 대부분의 피난민들이 고향으로 돌아가지 않고 정착을 했다. 그것이 가능했던 것은 유주목 유우가 난민들이 자립하여 편안히 생업에 종사할 수 있게 도왔기 때문이었다.

그런 사실을 알고 있는 수현이었지만, 무슨 생각을 하는지 말이 없었다.

조운은 그런 모습을 잠시 지켜보다 입을 열었다.

"형님, 무슨 생각을 그리하십니까?"

"이보게, 자룡."

"예, 형님."

"내가 만약 자네에게……"

갑자기 말을 하다가 마는 수현이었다.

조운은 그런 모습에 답답하여 재촉했다.

"형님, 우리 사이에 가릴 것이 뭐 있다고 그러십니까."

"좋네! 자네에게 내 오랜 생각을 털어놓겠네!"

수현은 행여나 누가 들을까 벌떡 일어나 문으로 가서 밖을 살펴보았다.

다행히 마당에는 아무도 없었다. 수현은 자리로 돌아가서 앉더니 조운을 바라보았다.

"자룡! 나는 이 나라를 따를 수가 없네!"

"역시, 그러시군요. 형님께서 그런 생각을 하고 있다고 짐작이 되었습니다."

"이 사람아, 놀라지 않는가?"

"형님께서 동방에 존재했다는 고대 왕국의 왕손이라는 것을 알고 있습니다. 그러니 당연히 형님 입장에선 이 나라를 받아들일 수가 없겠지요."

"바로 보았네, 이미 오랜 세월이 흘렀다지만 나는 자네가 알고 있는 것처럼 동방의 조선이라는 나라의 왕족이었네. 이런 내가 어떻게 조선을 멸망시킨 이 나라 황실을 따를 수가 있겠는가! 이보게, 자룡! 이런 나를 믿고 따라와 줄 수 있겠는가?"

"푸하하하! 형님! 저는 형님의 동생입니다. 형님께서 가시고자 하는 길이라면 무조건 따르겠습니다."

"고맙네!"

조운의 손을 힘껏 부여잡으며 환하게 웃는 수현은 그동안 가슴 속에만 담아두었던 것을 털어놓기로 결심했다.

"동생이 나를 믿어주니 나도 자네에게 내 심중을 털어놓지!"

"무엇을 말입니까?"

"나는 요동의 태수가 되면 그곳에 제국을 건설하고 싶네!"

"제, 제국이라니요!"

조운은 그런 말에 놀라고 말았다. 이건 자신이 생각했던 범주를 벗어나도 엄청나게 벗어난 규모였다.

그런데 자신에게 그런 말을 하는 수현의 표정이 너무나 진지하고, 마치 경건한 의식을 치르는 사람처럼 보였다.

조운은 그런 수현의 기세를 느끼자 자신도 모르게 마른침을 꿀꺽 삼켰다.

"요동은 자네와 나에게는 기회의 땅이네, 그리고 그 시작은 저기 외성 밖에 있는 난민들이네."

"난민들이라니요?"

"시간을 두고 조금씩 저들을 요동으로 이주시킬 것이네, 그리고 오환과 선비족은 물론이고 동방에 있는 부여와 고구려 사람들도 요동에서 살아가게 할 것이네. 그래서 그들을 기반으로 제국을 건설하고 싶네!"

"말로만 들어도 어마어마합니다. 그런데 북방 민족들이 형님의 뜻에 따르겠습니까?"

"자룡, 사람은 의식주가 가장 중요하지. 요동이 풍요로워진다면 사람들은 자연히 모여든다네."

"알겠습니다! 형님의 원대한 구상을 이룰 수 있도록 저도 돕겠습니다."

"고맙네. 그럼 검을 한번 볼까?"

수현은 자리에서 일어나 목함을 챙겨 밖으로 나갔다.

조운이 자신의 계획을 거부할 것만 같아서 불안했고, 그래서 이런 말을 그동안 할 수가 없었다. 그런데 너무나 쉽게 흔쾌히 받아들이자 십 년 묵은 체증이 뚫리는 기분이었다.

스르르릉!

"오! 명검이군!"

검신에 새겨진 화려한 문양과 예리한 날을 보자 빼어난 장인이 만든 명검으로 보였다. 햇빛에 반사되어 번쩍거리는 검의 날은 예리하기가 마치 면도칼 같았다.

휘익!

쉬익!

수현은 허공에 몇 번 검을 휘두르다 만족스러운 듯 입가에 미소를 만들었다.

"대단하네. 거부감이 전혀 없는데."

"그러니까 대장장이가 꽁꽁 숨겨두고 팔지를 않았겠지요."

길이는 대략 90㎝ 정도의 장검이었고, 검신에는 청운(靑雲)이라는 글이 새겨져 있었다.

"청운?"

"예, 대장장이가 검명이 청운이라고 하였습니다."

"하하하! 자네 덕분에 이런 명검을 얻었어."

그때 수현의 처소 밖에서 한 사내의 음성이 들려왔다.

탕!

탕!

"진 공자, 계시오?"

"누구지?"

수현은 검을 함에 넣고 대문을 열자 반가운 이가 서 있는 것이 보여 환하게 웃었다.

"아니! 대족장님!"

"이거 조 교위가 있었군, 괜한 실례가 아닌지 모르겠어."

"저는 괜찮으니 들어오세요."

"들어가시지요."

그러자 구력거는 조카와 함께 마당 안으로 들어섰다.

모두들 집 안으로 들어가 자리를 잡고 앉자, 구력거는 조카 답돈을 가리키며 소개했다.

"이 아이가 내 조카라네."

"아! 전에 조카분이 있다고 하더니, 이야! 이거 범처럼 용맹하게 생겼습니다."

"인사 올리거라, 황숙의 손녀사위시다."

"오환의 답돈이라고 합니다."

"진수현이라고 하네. 저쪽은 유주의 교위이자, 의제인 조운이네. 자는 자룡을 쓰지."

그러자 조운과 답돈은 서로를 향해 공손히 인사를 했다.

수현은 지난날 구력거와 함께 중산을 다녀온 기억을 떠올리며 물었다.

"대족장께서 갑자기 저를 찾아와주시고, 무슨 일이라도 있는 겁니까?"

"황숙께 들으니 조만간 요동의 태수가 된다고 하더군."

"역시, 할아버님께서 믿는 분이라더니. 부중의 관리들은 아직 모릅니다."

"무슨 뜻인지 알겠네. 그런데 자네의 장인께서 이곳으로 부임을 하신다고?"

"아! 그리되었습니다. 제 장인이신 요동태수께서 이곳으로 부임을 해오시면 대족장께서 많이 도와주시기를 부탁드립니다."

"당연히 도와드려야지, 그보다 내 조카를 요동에 가는 길에 데려가 줄 수 있겠나? 비록 나이가 열일곱이라 아직은 어리지만 그래도 제몫은 충분히 해내는 아이라네."

그렇게 말하는 구력거의 표정에는 조카 답돈을 향한 애정이 드러나 있었다.

수현은 구력거 옆에 앉아 있는 답돈에게 시선을 주며 말했다.

"답돈이라 하였지?"

"예, 진 공자님."

"한 가지만 약속을 한다면 너를 요동으로 데려가 주마. 가는 동안 너는 여기 있는 나의 의제인 자룡의 지휘를 받아야만 한다. 그리할 수 있겠느냐?"

"숙부님께서 황숙께 신세를 지시는데 당연히 저도 조 교위님의 지시에 따라야지요. 걱정하지 않으셔도 됩니다."

"그럼 되었다. 출발은 이틀 후 진시 초에 있을 것이다. 늦어도 진시 정까지 북문으로 나오면 된다. 그때까지 나오지 않는다면 요동으로 갈 생각이 없는 것으로 알겠다."

"감사합니다. 반드시 약속을 지키겠습니다."

답돈은 커다란 덩치로 상체를 숙이며 수현을 향해 절을 했다.

그것을 본 구력거는 오환의 풍습대로 조카가 두 사람을 인정하자 입가에 미소를 만들었다.

제2장

북방의 이민족

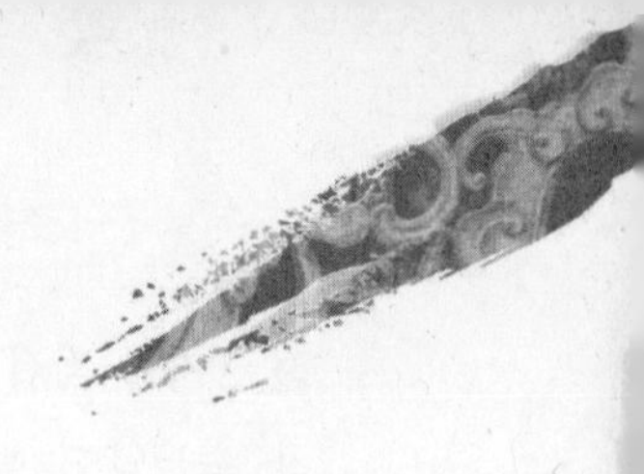

오환의 대족장 구력거는 마지막 남은 조건을 관철시키기 위해 조심스럽게 말을 꺼냈다.

"진 공자, 이 아이의 안전을 위해 기병 오십을 대동할 수 있게 해주겠는가?"

"알겠습니다, 그렇게 하는 것으로 하시지요."

"그럼 출발 시각에 맞춰 북문으로 나가지. 이만 가네."

구력거와 그의 조카 답돈은 자리에서 일어나 밖으로 나갔다.

전각을 나오면서 구력거는 조카를 바라보며 물었다.

"진 공자를 직접 보니 어떠하냐?"

"참, 숙부님도. 이제 오늘 처음 본 것입니다."

자신의 물음에 삐딱하게 답하는 조카를 보자 구력거는 버럭 소리쳤다.

"그럼 왜 안에서 진 공자에게 절을 했느냐! 그게 상대를 인정한다는 뜻이라는 것을 몰랐더냐!"

"아! 그거야 숙부님 체면을 살려주려고 그랬던 겁니다! 제가 진 공자를 언제 봤다고 인정을 합니까!"

퉁명하게 내뱉고는 답돈은 숙부를 남겨두고 먼저 가버렸다. 그러자 구력거는 그의 등판을 보며 소리쳤다.

"이놈아! 약속 날 반드시 북문으로 나가야 한다!"

"내가 알아서 합니다!"

답돈은 뒤도 돌아보지 않고 소리치더니 빠르게 어디론가 사라져 갔다.

"아후! 저게 내 조카만 아니라면!"

구력거는 그런 조카 답돈을 보며 땅이 꺼져라 한숨만 내쉬었다.

* * *

한편, 그들 두 사람이 전각을 나가자 조운이 물었다.

"형님, 저들은 오랑캐입니다. 믿어도 되겠습니까?"

"크흠! 이보게, 자룡."

"아! 죄송합니다. 제가 그만 실언을 했습니다."

조운은 수현이 어디 출신이라는 것을 깜빡하고서 그런 말을 하고 말았다. 자신이 큰 실수를 했다는 것을 알기에 그는 수현의 분위기를 살폈다.

그리고 수현이 아무렇지 않은 듯이 표정에 변화가 없자 남몰래 안도했다.

"자룡, 저들도 우리와 같은 사람이네."

"하지만 저들은 작은 이익에도 배신하는 족속들입니다. 물론 형님이야 고귀하신 왕족이시니 예외입니다!"

"그런 얘기는 그만하고, 자네가 선물한 검이나 가지고 놀아보세."

그러면서 그는 조운이 선물한 청운검을 들고 마당으로 나갔다.

수현은 조운이 북방의 이민족에 대한 고정관념과 편견을 일시에 버릴 수는 없다고 보았다. 시간을 두고 천천히 저들과 교류를 하다 보면 언젠가는 자신의 마음을 알아줄 것으로 여겼다.

부웅!

부우웅!

마당에서 청운검을 휘두르자 대기를 가르는 소리가 울려 퍼졌다.

'해동검법을 배우기를 정말 잘했네!'

수현이 고등학생 때 친구를 따라 도장에 갔다가 해동검도를 배운 적이 있었다.

그때 1단이라던 성인 수련생이 진검을 가지고 휘두르는 것에 그만 매료되고 말았다. 그때부터 해동검도를 배우기 시작하였고, 1단을 취득한 후로는 가검을 가지고 수련을 하게 되었다.

'그때는 가검이라서 많이 아쉬웠는데… 정말 좋은 검이네.'

그 당시에는 호기심 때문에 배운 해동검도가 지금은 많은 도움이 되었다.

이리저리 움직이며 한바탕 몸을 풀고 나자 조운이 다가오며 말했다.

"형님, 다음부터는 함부로 검을 빼 들고 적들에게 달려들지 마세요."

"그게 무슨 소린가?"

"형님께서 검을 가지고 움직이는 것을 보니 너무나 형식에만 치우친 것 같아서 그럽니다. 전장에서 그렇게 검을 쓰면 도리어 자신이 위험해집니다."

그 말에 수현은 고개를 끄덕거렸다.

해동검도가 아무리 가검으로 수련을 한다고 하여도 현대 스포츠라는 한계를 벗어나기가 어려웠다.

그러니 조운이 보기에는 겉만 화려하고, 전장에서는 쓸모없는 칼놀림일 수도 있었다.

물론 고단자는 사정이 다르겠지만, 수현은 겨우 2단에서 수련을 멈춘 상태였다. 그것도 십여 년 만에 잡는 검이라, 조운이 보기에는 어설퍼 보일 것이다.

"제가 실전에서 써먹을 수 있는 응용 동작 몇 가지를 알려 드리겠습니다."

그러면서 수현에게 검을 받아 몇 번 휘두르던 조운이 차분하게 설명하기 시작했다.

"전장에서는 최소한의 동작으로 적을 살상하거나, 무력화시켜야만 합니다. 그러지 않으면 제 풀에 지쳐서 죽습니다."

조운은 전장에서 적을 죽이기 위한 실전 검술을 간략하게 설명해 주면서 시범을 보였다.

"형님, 전장에서 검을 들고 함부로 찌르기를 하시면 안 됩니다. 적군을 찌른 검이 자칫 빠지지 않을 수가 있습니다. 그럼 당연히 다른 적들에게 손쉬운 표적으로 전락하고 맙니다. 그러니 상대의 요혈을 노려서 베거나, 타격기로 적을 제압해야 합니다."

조운이 청운검을 이리저리 움직이면서 타격기를 선보였다.

"검두로 적의 안면부를 강타하고……."

검의 손잡이를 역수로 잡아 가상의 적을 향해 내려찍는 것을 선보이더니, 힘차게 앞차기를 해 보였다.

"이렇게 적을 밀어낸 후 즉시 적의 사지 중 한 곳을 잘라서 무력화시킵니다."

조운의 설명이 계속되어 가자, 수현은 오로지 적의 무력화에 중점을 둔 설명이라는 것을 알게 되었다.

전장에서 적을 죽인다는 것은 자신 또한 죽기를 각오해야 할 정도로 위험했다. 그러기에 자신을 지키면서 적을 제압하는 것이 무엇보다도 중요하다 설명해 주는 조운이었다.

수현은 새삼 이곳이 전란의 시대인 후한이라는 것을 실감하며 말했다.

"자룡, 앞으로 시간이 나면 내게 검 쓰는 법을 가르쳐 주게."

"하하하! 제가 형님을 지켜 드리겠습니다! 형님은 그 좋은 머리에서 나오는 계책을 쓰시고, 저는 형님의 계책에 따라 적진을 유린하면 될 것입니다! 그래도 호신할 수 있는 수준까지는 알려 드리겠습니다."

"이거 든든한 경호원이 생겼군!"

"그러믄요! 이 세상에서 형님만이 저를 알아봐 주시지 않았습니까! 당연히 제가 지켜 드려야지요. 하하하!"

호탕하게 웃으며 말하는 조운을 보자 수현은 입가에 미소를 만들었다.

보란 듯이 자신을 지켜주겠다고 호언장담을 하자 괜히 유비가 생각났다. 조운이 잠시 자리를 비운 사이 수현의 입가에는 사악한 느낌의 조소가 만들어졌다.

'크크크, 보고 있나. 유비! 이거 미안해서 어쩌나…….'

그렇게 한바탕 땀을 흘린 두 사람은 계를 떠나는 것을 아쉬워하며 밤늦도록 술을 마셨다.

*　　　*　　　*

이틀 후, 진시 초(오전 7시).

계의 북쪽 성문으로 대규모 인원이 빠져나가고 있었다.

대열의 선두에는 요동까지 가면서 주변을 정찰하는 임무를 부여받은 구력거의 조카 답돈이 기병 50명을 거느리고 움직였다.

그 뒤를 '유주목 유우'라고 쓰인 깃발을 들고 움직이는 병사가 보였다.

혹시나 하는 마음으로 황숙 유우는 손녀사위가 요동으로 가는 길에 자신의 이름을 깃발에 걸 수 있도록 해주었다. 요동 일대에서 황숙 유우의 이름은 상당한 값어치가 있어 수현은 감사한 마음으로 받아들였다.

그 깃발 뒤를 극을 들고 있는 병사들이 따랐다. 또 그들의 뒤에는 노, 검, 창, 부월로 무장한 병사들이 따랐다.

덜컹!

덜컹!

그들 병사 뒤를 내황공주의 마차가 움직였고, 그 마차 뒤에는 내황공주의 소지품을 실은 수레와 시녀들이 타고 있는 수레가 움직였다.

그 수레의 뒤에는 조운이 이끄는 기병 50명이 천천히 움직였다.

그리고 마지막으로 대열의 좌우에는 마치 봇짐을 메고 상행을 나서는 것처럼 철제 방패를 등에 지고 있는 방패수들이 움직이고 있었다.

이런 병력 조합은 수현과 조운이 상의 끝에 구성한 것이었고, 총 인원은 모두 오백이 되었다.

또한 그들을 따라 상행을 나서는 상인들이 얼추 70명은 되었다.

그렇게 수현이 이끄는 대규모 행렬은 별다른 일 없이 요동으로 향했다.

십여 일 후.

수현의 일행이 요하를 건넌 후, 정오가 지난 무렵이었다.

이랴!

두두두!

요란한 말굽 소리를 내며 빠르게 말을 몰아오던 답돈이 다급히 수현을 불렀다.

"진 공자님!"

수현은 다급한 모습이 영력한 답돈을 보고는 긴장하며 기다렸다.

"정찰병이 보고를 해왔는데 여기서 이각(30분) 정도 거리에서 이상한 무리를 보았다고 합니다."

"이상한 무리라니?"

"말을 탄 한 놈을 쫓는 무리가 있는데, 그 수가 족히 이백은 넘어 보인다고 합니다."

"이 근방에 이민족들이 살고 있나?"

"여기는 요동의 관할 구역이라 그런 자들은 없습니다. 하지만 요하 상류에는 있습니다."

그러자 말없이 듣고 있었던 조운이 입을 열었다.

"형님, 아무래도 준비를 하는 것이 좋겠습니다."

조운의 말에 수현은 고개를 끄덕거리며 소리쳤다.

"정지하라! 정지하라!"

수현의 명령은 곧바로 대열의 전후로 전달되었다.

그러면서 수현은 먼저 내황공주에게 사정을 알렸고, 방어 대형으로 준비를 하도록 했다.

내황공주를 태운 마차와 수레는 대열의 중앙으로 모이게 하였다.

그리고 상인들은 각자 준비한 무기를 꺼내 들었는데 대부분이 조준하기가 쉽고, 위력적인 노를 들고 있었다.

"자룡! 그대가 수비진을 지휘하게!"

"예! 이랏!"

말을 몰아서 병사들에게 향한 조운이 크게 소리치기 시작했다.

"방패수! 십 보, 앞으로!"

척, 척, 척!

전신을 가리는 철제 방패를 든 방패수들은 조운의 명령에 움직이며 일렬 대형을 만들었다.

"창병! 방패수 뒤로 간다!"

그러자 창을 든 병사들이 빠르게 움직이며 방패수 뒤에 포진했다.

"창병은 방패수를 보호한다! 극을 든 병사들은 검병 뒤에서 적의 기수를 끌어내린다!"

'허, 역시 병사들 지휘하는 것은 타고났구나…….'

수현은 조운이 실전에서 흔들림 없이 지휘를 하는 것을 보며 감탄했다.

"검병들은 낙마한 적병을 즉시 무력화시키고 방패로 숨는다! 부월수! 너희는 낙마한 적을 단숨에 내려쳐라! 방패수! 너희가 뚫리면 모두 죽는다! 동료들을 믿고 버텨라!"

조운은 마치 폭풍이 휘몰아치듯이 병사들에게 지시를 내렸다.

원소와 공손찬 휘하에 있으면서 병사들을 지휘한 경험이 있는 조운이었고, 길을 떠나기에 앞서 훈련을 했던 병사들인지라 마치 물이 흐르듯이 막힘없이 움직였다.

"노병은 장전하라!"

조운의 지시가 떨어지자 수십의 노병들이 일제히 바닥에 앉았다. 그러고는 양발을 활대에 거치하더니 시위를 힘껏 잡아당겼다.

노병들이 일반 노와 다르게 장전하는 것은 그만큼 시위의 장력이 강하다는 것이었다. 이런 노는 유독 북방에서 볼 수 있었는데, 노의 활대가 복합 재료로 만들어졌다는 것을 의미했다.

'흠… 저거 삼단 전술을 응용하면 장전 시간을 줄일 수 있겠는데.'

수현은 노병들이 장전하는 것을 보면서 그런 생각을 했다.

사수와 노를 전해주는 병사, 장전을 하는 병사로 세분화하면 노의 장전 시간을 획기적으로 줄일 수 있겠다는 생각을 했다.

장전을 마치고 나자 수현은 뒤에 있는 상인들을 보았다. 병사들이 소지한 노와 달리 상인들은 장전을 힘들이지 않고 끝냈다. 하지만 잔뜩 긴장하는 모습이었다.

"자룡!"

"예! 형님!"

"기병을 좌우에 포진하여 적의 측면 공격을 막아내게!"

"예!"

"답돈!"

"예!"

"너는 후방으로 빠져 있다 내가 깃발을 흔들면 즉시 달려들어 적의 측면을 쳐라!"

"예! 모두 나를 따르라!"

답돈은 자신의 기병 50명을 대동하고 빠르게 말을 몰아 후방으로 움직였다.

챙!

수현은 허리춤에 걸려 있는 청운검을 빼어 들더니 전방을 주시했다.

긴장되는 잠깐의 시간이 흐르자 갑자기 말이 달리는 굉음이 들려왔다.

곧이어 정찰병의 보고대로 한 사내가 일단의 기마대에게 쫓기는 것이 나타났다.

"전투 준비!"

조운의 외침에 병사들은 각자 들고 있는 무기에 힘을 주며 다가올 전투에 대비했다.

그러는 사이에 쫓기던 사내가 수현의 대열을 보았는지 달리던 방향을 틀어 빠르게 말을 몰아왔다.

"길을 열어주어라!"

수현의 외침에 방패수들이 길을 열어주었고, 그 사내는 급히 말에서 내렸다. 그러고는 수현에게 다가가려고 하였다.

"저자를 막아!"

수현은 상인들이 모여 있는 곳을 보며 소리쳤고, 그의 외침에 상인들이 노를 겨누며 그 사내를 움직이지 못하게 했다.

"살려주십시오!"

그때 그 사내를 쫓아왔던 무리들이 수현의 대형을 보고는 놀랐는지 황급히 말을 멈추었다.

그러자 자연스럽게 양측 간에 수십 미터의 거리를 두고 대치하는 상황이 일어났다.

잠시 후 한 사내가 말을 몰아 빠르게 다가왔다. 그러더니 일정한 거리에서 멈추며 소리쳤다.

"이보시오! 그곳에 황숙이 계시다면 전해주시오! 우리는 그대들과 싸우고 싶지 않소, 저자를 보내주면 조용히 물러가겠소!"

이름이 적혀 있는 깃발 때문에 그들은 황숙 유우가 있는 것으로 짐작하고 그처럼 말했다.

그런 외침에 수현은 쫓기던 사내에게 눈길을 주었다.

그러자 사내는 털썩 무릎을 꿇었다.

"살려주십시오! 은혜는 반드시 갚겠습니다!"

엎드린 상태로 있는 그 사내는 고가에 거래되는 담비 털옷을 입고 있었다.

그리고 나이는 50대 초반 정도로 보였다.

수현은 사내가 귀한 담비 털옷을 입은 것을 보고는 평범한 신분이 아니란 생각이 들어 물었다.

"그대는 누군가?"

"저는 선비의 일족인 모용부의 족장 막호발이라 합니다."

"모용부의 족장? 그럼 저들은 누군가?"

"저들은 같은 선비의 일족이기는 하지만 단부의 사람들입니다."

그러자 수현은 정면을 바라보며 단부족 사람들을 보았다. 저들의 옷차림은 각양각색이었지만 언제든 달려들 기세였다.

막호발!

2세기, 선비족은 크고 작은 부족들로 나눠 있었다.

탁발부(拓跋部), 모용부(慕容部), 우문부(宇文部), 흘복부(乞伏部), 독발부(禿髮部), 단부(段部) 이렇게 여섯 부족이 강성했다.

이때까지 모용족은 딱히 성을 사용하지 않았다.

그러다 막호발의 아들 모용목연이 부족의 이름을 성으로 사용했다.

훗날 5호 16국 시대에 중국 대륙의 북부를 장악하고 호령하였던 연나라를 건국한 모용가(家)의 시조가 막호발이었다.

수현이 다시 그 막호발이라는 모용부의 족장에게로 고개를 돌리며 물었다.

"왜 저들이 그대를 쫓는 것인가?"

"제가 사냥을 갔다가 그만 저들의 영역을 침범하였습니다. 그 때문에 함께 사냥을 갔던 이들은 모두 죽고 저만 간신히 살아남아 도망치는 중이었습니다."

"저들에게 영역을 넘은 것을 사과할 의향은 있는가?"

"당연합니다. 저들이 제 사과를 받아준다면 그리하겠습니다."

"전령!"

그러자 수현의 곁에 있던 말을 탄 병사 하나가 우렁차게 대답했다.

"너는 저들에게 가서 이 사내가 영역을 침범한 것을 사죄하고 싶어 한다고 전하여라."

"예!"

지시를 받은 그 전령은 빠르게 말을 몰아 기다리고 있는 단부족 사내에게 갔다.

그러고는 둘이서 무어라 몇 마디 나누더니 빠르게 말을 몰아 되돌아왔다.

전령이 수현에게 상황을 보고했다.

"저들의 족장에게 알아보겠다고 합니다."

그 말에 전방을 주시하면서 동태를 살피는 수현이었다.

잠시 기다리자 그들의 무리에서 한 사내가 다시 말을 몰아왔다. 그러고는 크게 소리쳤다.

"영역을 침범하였다는 것을 인정한다면 당사자가 직접 예물을 바치고, 사죄를 해야 할 것이다!"

"허! 어이가 없군."

단부족 사내의 말을 듣자 수현이 피식 웃고 말았다.

말은 그럴싸하지만 당사자인 막호발 족장이 나타나면 죽일 수도 있는, 너무나 뻔히 보이는 술수였다.

그런 것을 막호발도 알았는지 체념한 듯 수현을 바라보며 말했다.

"은공, 은공의 존함을 알려주시지요."

막호발 족장이 그처럼 말하자 그를 바라본다.

"나는 유주의 목으로 계시는 황숙의 손녀사위 진수현이오. 그대는 정말로 저들의 말을 믿는 것이오?"

그런 물음에 막호발은 무슨 생각을 하는지 잠시 말이 없었다.

'황숙의 손녀사위라면, 내 사위에게 도움이 될 수 있겠구나!'

막호발은 수현의 신분을 알게 되자, 생명이 경각에 달린 사람이라고는 믿기지 않을 정도로 침착하게 그런 생각을 했다.

그것은 아마도, 오늘 자신이 살아서 돌아가기가 힘들 것으로 여겼기 때문에 훗날을 기약하기 위한 치밀함이었다.

아무튼 순식간에 자신의 사후를 결정한 막호발이 입을 열었다.

"지금으로서는 믿을 수밖에 다른 방도가 없는 것 같습니다. 혹여, 제가 잘못된다면 이것을 부족에 있는 제 사위에게 전해주실 수 있겠는지요?"

그러면서 막호발이 목에 걸려 있는 것을 풀어냈다.

수현이 그것을 엉겁결에 받았는데, 작은 가죽 주머니가 매달려 있었다.

"그것은 대대로 모용부의 족장에게 전해져 내려오는 인장입니다. 사위에게 뒤를 부탁한다고 전해주시기 바랍니다."

"크흠!"

수현은 헛기침을 하며 고민했다.

막호발을 도와주자니 내황공주와 수많은 사람들의 생명이 위태롭게 되었다.

그러다 수현은 이상한 생각이 들었다.

'왜 아들이 아니고, 사위에게 이걸 전해주라고 하는 것이지…….'

잠시 고민을 했지만 굳이 자신이 그런 것을 궁금해 봐야 필요가 없다 싶어 결정을 내렸다.

"그대도 보다시피 수많은 사람들의 생명이 걸린 일이다 보니 내가 함부로 나설 수가 없네. 하지만 이 물건은 반드시 전해줄 것이니, 그대의 사위 이름을 알려주게."

"제 사위는 중원이 고향입니다. 이름은 태사자[1]이고, 자

---

1) 진수(陳壽)의 삼국지(三國志) '오서(吳書) 태사자전(太史慈傳)' 에 따르면, 태사자는 어려서부터 학문을 좋아해 일찍이 군(郡)의 주조사(奏曹史)가 되었다. 또한 그는 백발백중의 명궁이었다. 연희(延熹) 9년(186년). 주(州)와 군(郡) 사이에 갈등이 생겨 서로 탄핵하는 일이 생기자 태사자는 교묘한 계책으로 주목이 불리한 처분을 받게 했다. 이 일로 태사자의 명성은 높아졌으나, 그는 주목의 보복을 피해 요동으로 도망쳐야 했다. 초평(初平) 2년(191년), 고향 동래군 황현으로 돌아온 태사자는 북해상 공융이 자신의 모친을 극진이 대해준 것에 고마움을 느끼게 되었다. 그러다 공융이 황건적의 잔당 관해의 병사들에게 포위를 당하자, 기지를 발휘해 유비에게 구원을 요청하여 그를 구해주었다.

는 자의를 쓰고 있습니다. 명석한 데다 활을 얼마나 잘 쏘는지……."

"잠깐! 방금 그대의 사위 이름이 뭐라고 했었나?"

"태사자이고, 자는 자의입니다. 왜 그러시는지요?"

"아, 아니네. 혹시나 내가 아는 사람인가 했는데, 자가 다른 것을 보니 동명이인 같네."

그러나 수현은 말과 달리 태사자가 누군지 알고 있었다.

오나라의 손책을 도와 혁혁한 전공을 세운 이를 모를 리가 없는 그였다. 그러나 그런 사실을 밝힐 수가 없는 노릇이라 미칠 지경이었다.

'태사자! 대체 태사자가 왜 여기 요동에 있냐고!'

수현은 빠르게 태사자에 대한 것을 떠올려 보았지만, 요동과 관련된 것은 생각이 나지가 않았다.

당연히 그럴 수밖에 없었다.

아무리 수현이 노트북에 저장한 삼국지를 읽었다지만, 등장하는 인물들의 내력을 자세히 알 리가 없었다.

'일단 저자부터 살려야 한다!'

만약 이대로 모용부의 족장 막호발이 죽어버리면 태사자도 영영 자신과의 인연이 없을 거라고 생각했다.

"전령!"

"예!"

"이곳에 황숙께서 계시는 것처럼 말해야 한다! 약속과 달리 막호발 족장을 죽이려 한다면 황숙께서 가만히 있지 않을 것이라고 전하라!"

"예!"

전령이 빠르게 말을 몰아가는 사이에 막호발은 수현의 옆모습을 보며 감격한다.

생면부지인 자신을 위해 이렇게 나서준 것이 너무나 고마웠다.

'역시, 황숙의 손녀사위는 다르구나.'

요동 일대에서 황숙 유우를 모르면 그것은 미쳤거나 아니면 간세라고 하였다.

막호발은 사위 태사자가 황숙의 손녀사위 밑에서 관원으로 일하다가 고향 중원으로 돌아가기를 원했다. 짧은 순간에 그런 판단을 하였지만, 수현이 이렇게 도와주니 자신이 사람을 잘 보았다고 여겼다.

막호발은 수현의 꿍꿍이도 모른 채 혼자만의 상상을 하다가 제대로 오해를 해버린 것이다.

잠시 후 전령이 돌아왔다.

"단부의 족장 이름으로 안전을 약속하겠답니다."

그러자 막호발이 수현에게 부탁했다.

"지금 제가 가진 것이 말 한 필밖에 없습니다. 제게 말 두 필을 빌려주신다면 후일 반드시 갚겠습니다."

"말 두 필을 가져와라."

그러자 상인들이 나서더니 막호발에게 말 두 필을 내어주었다.

막호발은 자신이 타고 온 말과 빌린 두 마리를 이끌고 단부의 족장을 찾아갔다.

수현이 지켜보니 막호발은 단부의 족장에게 공손히 허릴 숙이고, 자신이 입고 있던 담비 털옷과 말 세 마리를 전해주는 것으로 마무리를 하는 듯했다.

그러자 잠시 후 단부의 부족민들은 북방으로 사라져 갔다.

"자룡, 다행이지 않은가?"

"전투가 발생했다면 병사들은 용감히 싸웠을 것입니다. 그러지 않느냐!"

"그렇습니다!"

조운의 외침에 수백의 병사들이 일제히 우렁차게 답을 했다.

그런 병사들과 달리 상인들은 서로를 보며 환하게 웃었다. 다치거나 죽은 사람 하나 없이 무사히 일이 해결되었으니 당연히 기쁜 그들이었다.

잠시 후 막호발 족장은 수현에게 다가와서 인사를 했다.

"진 공자님, 생명을 구해주셔서 감사합니다. 빌린 말은 반드시 갚도록 하겠습니다."

"그렇다면 그대의 사위와 함께 태수부로 오게. 명석하고, 활을 잘 쏜다고 하였으니 요동태수부의 관리가 되어보라고 권해보게."

"알겠습니다! 반드시 그리 전하겠습니다!"

"이제 그대는 어떻게 할 것인가?"

"염치없지만 가시는 곳까지 따라가고 싶습니다."

"우리 일행은 양평으로 가는 중이니 그리하게. 힘들고, 지쳤을 것이니 수레에 타도록 하게."

"감사합니다."

병사들과 상인들은 분주히 움직이며 다시 출발할 준비에 들어갔고, 모용부의 족장 막호발은 짐을 실은 수레에 걸터앉은 채로 수현을 바라보았다.

아무리 변방에 있는 부족의 족장이라지만 황숙의 손녀사위가 어떤 의미인지는 알고 있었다.

그는 수현이 고귀한 신분이라는 것에 놀라워하면서도, 자신의 생명을 구해준 것이 너무나 고마웠다. 더구나 사위 태사자를 관리로 받아준다고 하니 고생 끝에 낙이 왔다고 생각했다.

수현은 모르고 있었지만, 사실 막호발이라는 인물은 5호

16국 시대 때 연나라를 건국한 모용황의 선조가 되었다.

수현은 막호발이라는 인물을 단순히 북방 선비족 분파의 족장으로 생각했지, 막호발이 연나라의 건국과 밀접한 관련이 있다는 것은 전혀 몰랐다.

만약 막호발이 모용이라는 성을 사용했다면, 수현도 한 번쯤은 연나라를 떠올렸을 것이다.

그러나 모용이라는 성이 부족의 이름에서 유래가 되었기에 수현은 미처 그런 생각은 하지 못했다.

그 후로 일행은 별다른 일 없이 양평성이 보이는 곳에 도착하게 되었다.

"이랏!"

조운은 가볍게 말고삐를 잡아채며 막호발이 타고 있는 수레로 향했다.

"이보시오."

막호발은 등 뒤에서 들려온 음성에 고개를 돌려보았다. 그러자 한눈에 보아도 훤칠한 미남자가 말을 타고 있었다.

"저를 부르셨습니까?"

"의형께서, 아! 당신을 구해주었던 분이 내 의형이 되시오. 의형께서 부족으로 돌아갈 여비는 있냐고 하시는데, 어떠시오?"

"아는 이들에게 변통을 하면 여비 정도는 마련할 수 있을 겁니다."

그러자 조운은 막호발에게 가죽으로 만든 전낭을 내밀었다.

"받으시오. 사내가 그것도 부족의 족장이라는 사람이 빈손이라면 체면이 말이 아니지. 이건 형님께서 그대에게 드리는 것이오."

막호발은 자신에게 망설임 없이 말을 두 필이나 빌려준 것도 고마운 일인데, 여비까지 챙겨준 수현이 너무나 고마웠다.

"염치없지만 제 사정이 그러한지라 우선은 받겠습니다. 이 또한 반드시 갚겠습니다."

"그건 알아서 하시오."

그러면서 말을 몰아 돌아가는 조운이었다.

막호발이 전낭을 열어보자 한나라에서 발행한 동전인 오수전(五銖錢)이 들어 있었다.

상당히 묵직한 전낭인지라 막호발은 충분히 여비가 되고도 남는다는 것을 직감했다. 그리고 자신이 맡겨두었던 인장 주머니도 함께 들어 있었다.

"이런, 담보물도 필요 없다는 것인가……."

자신에게 무엇보다 소중한 것이 대대로 전해진 인장이었다. 그런데 그런 담보물은 필요 없다고 말하는 듯하자, 고개를 돌려 수현을 찾아보려고 했다.

하지만 워낙에 많은 인원들이 움직이다 보니 도무지 보이지 가 않았다.

제3장

진수현, 요동의 태수가 되다上

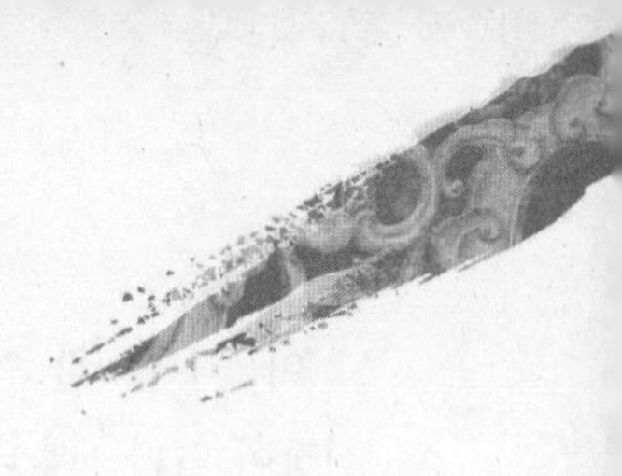

수현은 막호발이 자신을 찾으려고 노력하는 줄도 모르고 있었다.

그는 내황공주가 타고 있는 마차 곁에서 말을 몰아가며 얘기를 나누고 있는 중이었다.

"공주 전하, 잠시 후에 양평성으로 들어섭니다. 긴 여정에 고생하셨습니다."

"저야 형부 덕에 편히 왔습니다, 힘든지도 몰랐어요."

"그리 말씀을 해주시니 감사합니다."

"양평이 어떤 곳인지 궁금하네요."

"아! 북방이라 이민족들이 많습니다. 성 밖에서 가끔 가축 시장이 열리는데 나름 볼만합니다."

"그래요? 나중에 꼭 가보고 싶네요."

그때 양평성으로 앞서갔던 답돈의 병사들 중의 한 명이 빠르게 말을 몰아왔다.

수현은 그 병사를 보고는 내황공주에게 살짝 묵례를 하고 말을 몰아 다가갔다.

"진 공자님!"

"무슨 일이냐?"

"양평성에서 마중을 나온 기병들이 보입니다."

"알았으니 그만 물러가라."

그 병사가 빠르게 말을 몰아가며 사라져 가자, 조운이 어느새 곁으로 다가왔다.

"형님, 전낭을 전해주었습니다."

"수고하였네. 그보다 성에서 마중을 나왔다고 하네."

"아! 이제야 여정이 끝나는군요."

"수고하였네."

"하하, 형님도 수고하셨습니다."

두 사람은 무사히 머나먼 길을 왔다는 것에 기뻐했다.

그렇게 수현의 일행은 천천히 양평성으로 진입했다.

한편 요동태수 공손도, 그는 계에서 사위 수현이 수십 일 전에 출발했다는 연락을 받았다.

그런데 자신의 관직을 인수인계받아야 하는 수현이 도착할 기일이 지나도 나타나지 않고 감감무소식이었다. 공손도 태수는 하루하루 시간이 지나가도 수현이 나타나지 않자 점점 불안하기만 하였다.

그러나 수현이 늦은 것에는 그만한 사정이 있었다.

유주목 유우는 전령을 통해 수현이 출발했다고만 알려주었지, 내황공주와 함께 간다는 것은 알리지 않았다. 유우는 혹시라도 내황공주에게 무슨 일이라도 생길 것을 우려한 끝에 그처럼 비밀스럽게 일을 진행시켰다.

그렇게 내황공주를 수행하다 보니 평소보다 시일이 많이 소비되었던 것이다.

그런 사실을 모르고 불안한 모습으로 있는 공손도 태수였다.

"태수님, 총관입니다."

창가에서 높고 푸른 가을 하늘을 바라보고 있었던 공손도 태수가 그 소리에 몸을 돌려 문을 바라보았다.

"들어오너라."

문이 열리고, 총관 하균이 안으로 들어와 인사를 했다.

"무슨 일이냐?"

"신임 태수께서 조금 전에 성문을 지났다는 연통입니다."

"오! 사위가 마침내 돌아왔다는 것이냐!"

"예, 무사히 도착하셨습니다."

"너는 어서 가서 내당에 이런 사실을 알려주어라!"

"그런데 규모가 상당히 큽니다. 족히 오백은 넘는 대규모입니다. 그리고 귀한 분이 오셨으니 맞이하실 차비를 하라는 진 공자의 전언이 있었습니다."

"귀한 분이라니?"

'설마, 공주 전하!'

공손도 태수도 내황공주가 계에 있다는 것을 알고 있었다.

사위 수현이 귀한 분이라고 했다면 자신의 장인이거나, 아니면 내황공주밖에 없다고 생각했다. 하지만 그런 고민도 잠시, 공손도 태수는 마침내 사위가 무사히 돌아왔다는 사실에 환하게 표정이 밝아졌다.

그 무렵 모용부의 족장 막호발은 양평 성내를 터벅터벅 걸었다.

힘든 시간을 보낸 그는 걸을 힘이 없을 정도로 피곤했다.

그때였다.

"장인어른!"

양평 성내 저잣거리를 걷고 있던 막호발은 들려온 음성이 귀에 익숙해서 급히 뒤돌아보았다. 그러다 말을 끌고 서둘러 다가오는 딸과 사위가 보이자 너무나 반가웠다.

두 사람에게 다가가는 막호발의 얼굴은 힘들었던 기색은 찾아볼 수 없을 정도로 상기되어 있었다.

"너희들이 어떻게 여기를 왔느냐?"

"혹시나 싶어 여기로 찾아왔습니다."

"아버지, 무슨 일이 있었던 거예요? 왜 혼자이신 거예요?"

막호발의 딸은 사냥 나간다던 부친이 소식이 없다가 이렇게 무사한 모습을 보고 나자 감정이 격해져 당장이라도 눈물을 쏟을 것처럼 글썽거렸다.

그리고 그녀의 곁에 있는 막호발의 사위 태사자.

그는 이제 20대 후반 정도로 보였는데, 한눈에 기억에 남을 정도로 이목구비가 뚜렷했고 강직한 외모였다. 그런데 특이하게도 일반인보다 팔이 길었다.

"장인어른, 대체 어떻게 되신 겁니까? 부족 사람들이 장인어른이 실종되었다고 하면서 얼마나 찾아다녔는지를 아십니까?"

"얘기하자면 너무 길다. 그보다 시장하니 뭐라도 먹으면서 얘기하자."

그러면서 막호발은 앞장서 길을 나섰고, 그의 딸과 사위는 말을 이끌고 뒤를 따랐다.

요동!

후한의 입장에서 볼 때 요동은 북방의 최전선에 위치한 변방에 지나지 않았다.

하지만 발상을 전환하여 요동이 후한에 속한 곳이 아니라, 수현의 구상처럼 독자적인 지역으로 남는다면 얘기는 완전히 달라졌다.

앞으로 수현이 통치하게 될 요동은 사방으로 연결되는 지리적으로 중요한 위치에 있었다.

먼저 동(東)으로 가면 한나라와 친선 관계를 유지하고 있는 북부여가 나왔다. 그리고 북부여 밑에는 훗날 동부여와 요동을 정벌하는 고구려가 나타났다.

요동에서 서(西)로 가면 광활한 영토를 자랑하는 중국 대륙이 나타난다.

남(南)으로 가면 수현이 염전을 만들기로 구상하고 있는 요동만이 나타나고, 후한의 북해국(산동반도)이 나타났다.

또한 한강 유역을 장악하고, 해상강국으로 이름을 떨친 백제와의 연결 통로가 된다.

북(北)으로 가면 훗날 북부여를 무너뜨리고, 5호 16국 시대에 중국으로 이주한 선비족이 나타난다.

이런 요동이야말로 각국을 연결하는 중요한 위치에 존재하는 곳이었고, 한반도에 중국의 문물이 빠르게 유입되는 창구 역할을 해주었다. 또한 요동에는 석유, 석탄, 철광석, 천연가스 등이 매장되어 있었다.

풍부한 자원과 요동 평야에서 산출되는 곡물은 훗날 고구려의 최성기를 만들었던 광개토태왕의 보물 창고 같은 역할을 해주었다.

요동은 물류와 상업의 중심이 되기에 충분한 입지 조건을 갖추고 있었다.

그런 사실을 입증이라도 하는 듯 오늘도 양평 성내에선 독특한 이민족들의 복장을 하고 있는 상인들을 만나볼 수 있었다.

막호발은 양평성에 올 때마다 들렀던 객잔으로 들어가더니 객실을 빌렸다.

그의 사위와 딸은 마구간에 타고 온 말을 보관하고는 객실로 들어섰다.

훗날 오나라의 손책을 도우며 혁혁한 전공을 세우는 태사자였다.

삼국지의 저자 진수가 인정할 정도로 학문과 무예가 뛰어난 그였지만, 지금은 그저 도망자에 불과했다.

수현이 내황공주와 함께 요동에 도착했을 때는 190년 가을 무렵이었고, 191년이면 태사자는 고향으로 돌아가겠지만 아직은 요동에 머물고 있는 중이었다.

막호발은 식사를 하면서 자신이 겪은 일을 설명해 주었고, 두 사람은 그가 선비족의 하나인 단부의 영역을 침범했었다는 말에 놀라고 말았다.

"아니 그곳에는 왜 가셨습니까!"

"사위, 나라고 알고 들어갔겠나. 사냥감을 쫓다 보니 나도 모르는 사이에 들어간 것이지. 그보다 유주를 다스리는 황숙을 아는가?"

"당연히 알지요, 요동태수가 그분의 사위이잖습니까?"

"그렇지, 그럼 요동태수의 사위는 누군지 아는가?"

"글쎄요, 그것은 잘 모르겠습니다."

태사자가 그처럼 말하자 투박한 질그릇에 따라두었던 곡주를 벌컥벌컥 들이키는 막호발이었다. 그러고는 입가에 묻은 술을 손등으로 닦아내며 말했다.

"나도 이번에 처음으로 요동태수의 사위를 만났지. 그자가 나를 구해주었다."

"아! 그럼 황숙의 손녀사위이면서 요동태수의 사위가 되는 것이니 배경을 무시할 수 없겠군요."

"그런 든든한 배경이라면 미치지 않고서야 진 공자를 무시할 수 없겠지. 내가 볼 때 그자는 보통 인물이 아니었다."

"장인어른, 그자를 처음 봤다면서 그런 말씀을 하십니까?"

"어허! 이래 봬도 모용부의 족장이 나야! 사람 보는 눈이 없다면 어찌 부족을 다스릴까!"

"죄송합니다."

그러더니 사위 태사자 곁에 있는 자신의 딸을 바라보는 막호발이었다.

막상 얘기를 꺼내려고 하니 자신의 딸이 자꾸만 마음에 걸렸다.

남편이 고향으로 가면 당연히 따라가야 하는 것이니, 딸만 생각하면 모든 것을 포기하고 이대로 부족으로 돌아가고 싶었다.

하지만 이제 갓 태어난 외손자 태사향의 얼굴이 떠오르자 굳게 결심을 하며 입을 열었다.

"사위가 고향을 떠나온 지가 얼마나 되었지?"

"오 년에서 조금 못 되어갑니다. 그것은 왜 물으십니까?"

"자네 부부야 그런다 치세. 하지만 향이는 무슨 죄가 있어 제대로 배우지도 못하게 만드는 것인가?"

"아버님, 왜 그런 말씀을……."

가만히 듣고 있었던 막호발의 딸이 황급히 옆에 있는 남편을 바라보았다.

잔뜩 굳어버린 남편의 표정을 보자, 그녀는 그런 말을 꺼낸 부친이 너무나 야속하게만 느껴졌다.

뻔히 남편의 사정을 알면서도 일부러 이런 말을 하니 너무 한다 싶은 그녀였다.

"향이가 지금은 어려서 문제 될 것이 없지만, 나이가 차면 학문을 익히고 싶어 할 것이네. 그런데 자네 때문에 향이는 겨우 가축이나 돌보는 그런 아이로 자라야 할 것이네. 무슨 말인지 모르겠나?"

"장인어른, 저라고 이러고 싶겠습니까."

태사자가 침통한 표정으로 있는 것이 눈에 들어오자 막호발은 내심 쾌재를 불렀다.

'되었다, 이렇게 바람을 잡았으니 태수부의 관리가 되겠다고 하겠지.'

"내일이라도 태수의 사위를 찾아가서 빌린 말을 갚을 생각이다. 그때 너를 태수부의 관리로 천거할 생각이고."

"예! 왜 그런!"

"어허! 향이를 생각하래도! 언제까지 저렇게 키울 것인가. 내가 진 공자를 제대로 봤다면 자네를 받아줄 것이야. 그리해야만 자네를 노리는 그 자사 놈의 마수에서 벗어날 수 있게 돼. 아무리 놈이 자사라지만 황숙의 손녀사위 밑에서 일하는 관원을 함부로 대하지는 못하지!"

그러나 막호발의 그런 말에도 불구하고 그의 사위는 말이 없었다.

골몰히 고민하는 태사자를 보는 막호발은 문무를 겸비한 사위가 이렇게 허송세월하는 것이 너무나 안타까웠다.

자사를 곤궁에 빠지게 만들 정도로 뛰어난 머리에, 백발백중을 자랑하는 놀라운 활 솜씨를 지닌 사위가 고작 가축이나 키운다는 것은 말이 안 된다고 여기는 막호발이었다.

그러면서 그는 수현과 의형제 사이라는 조운을 떠올렸다.

'황숙의 손녀사위와 의형제라… 괜히 부럽네.'

준수한 외모의 조운과 용맹스러워 보이는 답돈을 거느린 수현이라면 분명 보통 인물은 아닐 것으로 보았다. 그러기에 오늘 사위를 만난 김에 그동안의 고민을 해결할 심산이었다.

그런데 자신의 마음은 몰라주고, 여전히 깊이 생각하고 있는 사위를 보다 못한 막호발이 벌떡 일어나 소리쳤다.

"이놈! 태사자야!"

장인의 외침에 깜짝 놀라 바라보는 두 사람이었다.

"내 좇기는 너를 받아주고, 귀한 딸까지 주었다! 그럼 내 말에 따라야지 뭘 그리도 재는 것이냐!"

"아버지! 왜 그러세요!"

딸이 자신을 노려보자, 씩씩거리면서 자리에 주저앉는 막호발이었다.

그러면서 그는 옷 속에서 인장 주머니를 꺼내 보이며 말했다.

"이게 너도 무언지 알 것이다. 내가 왜 그자에게 이걸 주면서 내 아들이 아니라 너에게 전해주라고 한 것인지 모르지!"

"그러셨습니까?"

"그자를 만난 그 짧은 순간에 네놈이 떠올랐다. 목숨이 경각에 달린 그 순간에도 너를 그자가 받아주기를 원하면서 그랬던 것이다! 이래도 고민만 할 것이더냐!"

막호발의 호통은 사위 태사자와 딸의 심금을 울리기에 충분하였다. 애틋한 부모의 심정이 전해지자 요지부동 같았던 태사자의 마음도 조금씩 움직이기 시작하였다.

태사자는 장인의 깊은 뜻이 전해지자 더 이상 고민하지 않기로 결정했다.

하지만 막호발은 여전히 사위에게 호통을 쳤다.

"어차피 아들놈이야 내 뒤를 이어갈 놈이다. 그럼 너는! 너는 언제까지 이러고 살 것이더냐! 내가 천년만년 살아서 네놈을 지켜줄 것이라고 생각하는 것이냐! 내가 죽으면 너를 누가 거두어줄 것이라고 생각하는 것이냐! 혹여 고향으로 돌아갈 생각을 접은 것이냐!"

마치 노도처럼 태사자에게 쏘아대는 막호발 족장이었다.

그에 태사자가 놀라 황급히 답했다.

"아, 아닙니다! 저는 그런 생각을 하지 않았습니다."

"그럼 이제 어찌할 것이더냐!"

막호발의 호통에 태사자는 장인의 말처럼 자신이 살길을 마련해야겠다고 생각하며 입을 열었다.

"알겠습니다, 내일 장인어른과 함께 그자를 찾아가겠습니다."

"그래! 진즉에 그리했어야지!"

막호발은 사위가 그제야 자신의 말에 따르겠다고 하자 호탕하게 웃어댔다.

* * *

그 무렵 양평성에 도착한 수현은 태수부로 향하는 중이었다.

그는 마치 개선장군처럼 수백의 무리를 이끌고 가고 있었고, 그의 좌우를 조운과 답돈이 지켰다.

좀처럼 볼 수 없는 광경이기에 성내에 있는 사람들은 걸음을 멈추고 구경하기에 여념이 없었다.

그러다 태수부의 정문에서 기다리고 있는 총관 하균이 보였다.

수현은 총관을 보고는 다행히 제대로 연락이 갔다고 생각했다.

어느덧 내황공주를 태운 마차가 태수부의 정문 앞에 멈춰

서자 수현은 말에서 내렸다.

그러고는 마차로 가서 공손한 말투로 말했다.

"도착하였습니다."

털컹!

마차 문이 열리면서 내황공주를 모시는 시녀 둘이 먼저 내렸다.

이내 내황공주가 시녀들의 부축을 받으며 마차에서 내렸는데, 얼굴을 가리기 위해 어깨까지 내려오는 면사가 달린 너울을 쓰고 있었다.

그러자 총관이 다가와 수현에게 공손히 인사를 했다.

"진 공자님, 다녀오셨습니까? 원로에 고생이 많으셨습니다."

"하 총관, 반갑네. 태수님은 어디에 계신가?"

"조당에서 기다리고 계십니다."

그에 수현은 면사로 얼굴을 가린 내황공주를 바라보며 말했다.

"조당으로 모시겠습니다. 자룡, 자네도 따라오게."

"예, 형님."

수현이 앞장서 공손도 태수가 기다리고 있는 조당으로 향했다.

총관 하균은 부중 안으로 들어가는 그들을 잠시 지켜보다 병사들을 향해 소리쳤다.

"자! 다들 고생하였네. 하인들이 막사로 안내할 것이니 따라가게!"

그런 외침에 병사들은 질서 정연하게 어디론가 이동하였고, 답돈은 잠시 수현이 사라진 태수부를 바라보다 병사들을 따라갔다.

한편, 공손도 태수는 조당 안에 홀로 있었다.

그는 사위가 내황공주와 함께 왔다는 것으로 짐작하여 홀로 조당에서 기다렸다.

조당 안에서 서성이며 얼마나 기다렸을까?

갑자기 밖에서 귀에 익은 반가운 음성이 들려왔다.

"태수님, 들어가도 되겠습니까?"

"들어오너라."

공손도 태수는 사위가 웬 사내와 면사가 달린 너울을 쓰고 있는 여인과 함께 들어오는 것을 지켜보았다. 사내는 단 한 번만 보아도 기억에 남을 정도로 인물이 빼어났고, 너울을 쓰고 있는 여인은 내황공주로 짐작했다.

수현이 장인에게 내황공주를 소개했다.

"태수님, 공주 전하이십니다."

그러자 공손도 태수가 내황공주를 향해 깊이 허리를 숙여 보였다.

"공주 전하를 뵈옵니다. 요동태수 공손도입니다."

그러자 내황공주는 면사가 달린 너울을 벗었고, 시녀들이 말없이 다가와 그것을 받아 챙겼다.

"이렇게 만나니 반갑습니다. 앞으로 신세를 지겠습니다."

"신세라니요, 그런 말씀 마시고 편히 지내시면 됩니다."

"감사합니다."

"원로에 고단하실 것이니 후원에서 쉬시도록 하시지요."

"부탁합니다."

"예, 제가 길을 안내하겠습니다."

공손도 태수는 내황공주를 후원으로 안내하기 위해 조당을 나섰고, 수현은 그런 모습을 잠시 지켜보다가 한숨을 내뱉었다.

"휴우! 이제야 진짜 끝난 것 같네."

"형님, 고생하셨습니다."

"어디 나만 고생을 하였겠나. 그보다 장인어른께 자네를 소개하는 것은 차후에 하세."

"하하, 저는 괜찮습니다."

"장인어른이야 어쩔 수 없다지만, 자네에게 따로 소개해 줄 사람이 있으니 가세."

그러면서 수현은 자신의 거처인 별채로 향했다.

조운과 함께 나란히 별채로 향하면서 이런저런 잡담을 나누는 수현이었다. 그러는 사이에 별채 출입문에 당도하자 때마침 마당을 정리하고 있는 시종 이평이 보였다.

"평아!"

수현의 부름에 이평은 빗자루를 내려놓고 달려가더니 그를 향해 깊숙이 허리를 숙여 보였다.

"다녀오셨습니까?"

"그래, 내자(고대 중국에서 고위 관직에 있는 관원의 정실부인을 이르던 말)는 어디에 있느냐?"

"안에 계십니다."

그러자 수현은 입가에 환한 웃음꽃을 만들면서 옆에 있는 조운을 바라보았다.

"자룡, 안으로 들어가세."

"형님, 이거 제가 괜히 폐만 끼치는 것이 아닙니까? 아무래도 내일 만나는 것이 낫겠습니다."

"어허! 이 사람아, 그게 무슨 말인가. 자네는 내 동생이네. 어서 들어가세."

"그래도 내당으로 들어가는 것은 그렇습니다."

"허허, 우리 사이에 무슨 예를 차린다고 그러나. 평아! 가서 나오시라고 하여라!"

"예, 진 공자님!"

둘이서 옥신각신하는 사이에 이평은 별채로 달려 들어가

수현이 왔음을 알렸다.

덜컹!

수현이 별채 앞에 도착했을 때 갑자기 문이 벌컥 열리더니 공손란이 나타났다.

혼인을 하고 얼마 되지 않아 신랑을 외지로 떠나보낸 공손란은 매일 밤 수현을 그리워하였다. 그러다 이렇게 그리운 임을 보았으니 눈물을 글썽거렸다.

"상공!"

수현은 자신을 반갑게 부르는 아내의 얼굴을 보자 환하게 웃어주며 입을 열었다.

"부인, 그동안 잘 지내셨소."

"예, 어디 상하신 곳은 없으세요?"

"나야 튼튼하지!"

그제야 수현의 곁에 있는 조운이 눈에 들어와 묻는 그녀였다.

"저분은 뉘신지?"

"아! 안에 들어가서 얘기하지. 자룡, 들어가자고!"

"어, 어! 형, 형님!"

수현은 조운의 손을 붙잡고 별채로 끌고 들어갔다.

공손란은 그런 모습에 놀란 표정을 내보였다. 지금까지 이런 적이 없었던 수현이라서 놀랐고, 남편과 비교해도 전혀 손색이 없는 미남인 조운이라서 다시 한 번 놀랐다.

별채로 들어간 수현이 조운에게 공손란을 소개했다.

"자룡, 이쪽은 내 안사람이네."

"형수님, 저는 조운이라 합니다. 자는 자룡을 씁니다."

"부인, 여기 자룡은 나와 의형제를 맺었으니 그렇게 아시오."

"의형제를 맺었습니까?"

남편의 말에 그녀는 눈을 크게 뜨고 놀랐다.

공손란은 조운을 향해 공손히 인사를 한 후에 입을 열었다.

"두 분께서 의형제를 맺으셨다니, 저 역시 기쁩니다. 아무쪼록 상공을 많이 도와주시기를 부탁드립니다."

"오히려 제가 형님께 많이 배우고 있습니다."

"자, 자! 인사는 그만하고 앉지. 부인! 여기 술상을 좀 봐달라고 해주시겠소?"

"예, 곧바로 준비하겠습니다."

공손란은 이내 자리를 비웠고, 둘은 이런저런 얘기를 나누며 시간을 보냈다.

그러던 중에 별채 문이 열리더니 하인들이 들어왔다. 그들은 두 사람 앞에 작은 서탁을 놓았고, 이내 술과 안주가 마련되었다.

공손란은 수현과 나란히 앉았다. 그녀는 남편의 곁에서 두 사람이 하는 얘기를 가만히 듣고 있었지만, 내심 많이 놀라고 있었다.

홍농왕의 동생인 내황공주가 도적들에게 죽을 뻔했었다는 말에 놀라더니, 조운이 공주를 구했다는 말에는 더욱 놀랐다.

그녀는 두 사람의 얘기를 듣다가 궁금한 것이 있으면 묻곤 하였다. 그러다 보니 그녀는 조운과 내황공주의 사이가 보통이 아니란 것도 눈치챘다.

그날 밤.

시기적으로는 이제 초가을이었지만 북방의 추위는 일찍 찾아왔다.

지금 수현이 있는 곳은 후끈한 열기와 뿌연 수막이 가득한 욕실이었다.

그리고 별채 안에 있는 공손란은 유모가 들어오자 행여나 누가 들을세라 나지막하게 그녀를 불렀다.

"유모."

"예, 아가씨."

"잠시 귀 좀."

유모는 공손란이 속삭이듯이 말하는 것을 듣다가 입가에 미소를 만들며 되물었다.

"어이구, 우리 아가씨께서 처음에는 그리 싫다고 하시더니. 지금은 아니신가 봅니다?"

"유모, 장난치지 말고. 어떻게 해야 되는 거야?"

"진 공자님께서 지금 목욕 중이시지요?"

"응, 그런데 그건 왜 물어?"

"아가씨, 진 공자님이랑 오래 떨어져 있다 보니 왠지 모르게 쑥스럽지요? 그래서 제게 그리 물으신 거지요?"

"맞아, 이제나저제나 상공께서 돌아오시기만을 기다렸는데. 막상 돌아오시니 이건 마치 첫날밤 같아, 너무 어색해."

시무룩한 표정으로 말하는 공손란을 보며 웃음이 터져 나오려고 하는 것을 간신히 참는 유모였다.

"제가 일하는 아이들을 별채에서 모두 내보내겠습니다, 그러니 아가씨께서는 이렇게 하세요."

"어떻게?"

그러자 유모는 공손란의 귀에 무어라 속삭였고, 그녀는 무슨 얘기인지 점점 얼굴이 붉게 달아올랐다.

"저, 정말 그렇게 해야 하는 거야?"

"아가씨, 그런 것도 신혼일 때나 하실 수 있는 겁니다. 나중에 애라도 생기면 하고 싶어도 못 하십니다."

"그러다 상공께서 나를 이상한 여자로 보시면?"

"절대 그럴 일 없습니다. 제가 경험을 해봐서. 어머나! 아가씨, 방금 한 말은 잊어주세요."

"아하! 이제 보니 유모의 경험담이었구나! 알았어, 할게!"

그때부터 둘은 옷장을 열어 옷을 고르기 시작했다.

옷장을 이리저리 뒤지던 유모는 속이 은은하게 비치는 옷을 꺼내 들었다.

"이거 입으세요."

유모가 보여준 옷을 보자 얼굴이 화끈거리는 공손란이었다. 속옷 다음에 입는, 속살이 비치는 얇은 나삼으로 만든 옷인지라 부끄러워 손으로 입을 가렸다.

"진짜 그 옷을 입어야 해?"

"아가씨! 이 정도는 입어줘야, 남자가 훅! 아시겠지요?"

유모가 의미심장한 눈빛으로 말하자, 공손란은 마치 결의를 다지는 사람처럼 그것을 받아서 내실 한편에 있는 가림막 뒤로 들어갔다.

잠시 뒤 공손란이 가림막을 나오자 그녀의 몸매가 돋보였다. 그러자 유모가 이번에는 두루마기를 꺼내 그녀에게 입혀주었다.

"가셔서 잘하세요. 아가씨가 괜히 부끄러워하시면 아무것도 못 합니다."

"알았어."

그렇게 그녀는 두루마기를 걸치고 별채를 나섰고, 수현이 있는 욕실을 향해 조심스럽게 다가갔다.

한편, 수막이 가득한 욕실에 있는 수현은 뜨거운 물에 몸을 담그고, 나른한 기분을 만끽하고 있었다.

그는 처음 이곳에 왔을 때 목욕하는 것이 얼마나 힘든 것인지를 처절하게 경험하였다.

겨울에 물을 떠오는 것도 힘들었지만, 무엇보다 가장 힘든 것은 얼음 동굴처럼 차디찬 욕실 온도였다.

그래서 그는 시종 이평에게 지시를 하여 커다란 돌을 불에 달구어 욕실에 곳곳에 많이 넣어두었다. 달궈진 돌에 가끔씩 물을 뿌리면 뿌연 수증기가 생겨났고, 욕실은 금세 훈훈해졌다.

그렇게 수현이 사우나를 만든 후부터는 이처럼 날이 쌀쌀해도 마음껏 목욕을 즐길 수 있게 되었다.

"으… 좋다."

뜨거운 물에 몸을 담그고 있는 수현이 나른한 표정을 지었다.

그때 욕실 문이 소리 없이 열렸다.

수현은 문이 열린 줄도 몰랐다. 뿌연 수증기 속을 걸어오는 여인은 바로 공손란이었다.

"상공."

"어!"

수현은 갑자기 들려온 공손란의 음성에 놀라 고개를 돌려 바라보았다.

그런데 코앞에 다가온 공손란은 그동안 볼 수 없었던 모습이었다. 그는 멍하니 입을 벌리고 그녀의 자태를 바라보기만 하였다.

공손란이 걸치고 있던 옷은 너무나 얇아 금세 수분을 먹었고, 그러자 그녀의 몸에 착 달라붙었다. 속살이 살며시 보이는 관능적인 옷차림의 공손란을 보자 수현은 자신도 모르게 침을 꿀꺽 삼켰다.

어느새 공손란이 다가와 등을 밀어주더니, 슬며시 탕으로 들어와 버렸다.

"많이 보고 싶었어요."

그녀는 수현의 목덜미를 사뿐히 끌어안으면서 나지막하게 말했고, 그녀의 입김이 귓불을 자극하자 즉각적으로 수현의 그것이 반응하였다.

"헉!!"

수현은 남성의 상징에 그녀의 감촉이 느껴지자 끝내 참지 못하고 이성을 잃어버리더니 발정기의 수컷처럼 돌변해 버렸다.

지난 몇 달 동안이나 강제로 독수공방을 하였던 두 사람이었다. 순식간에 수현과 공손란은 본능에 이끌려 서로를 탐닉

하는 원초적인 인간으로 변해 버렸다.

유모 덕분에 별채는 텅텅 비었고, 욕실은 두 사람이 내뿜는 뜨거운 열기로 가득했다.

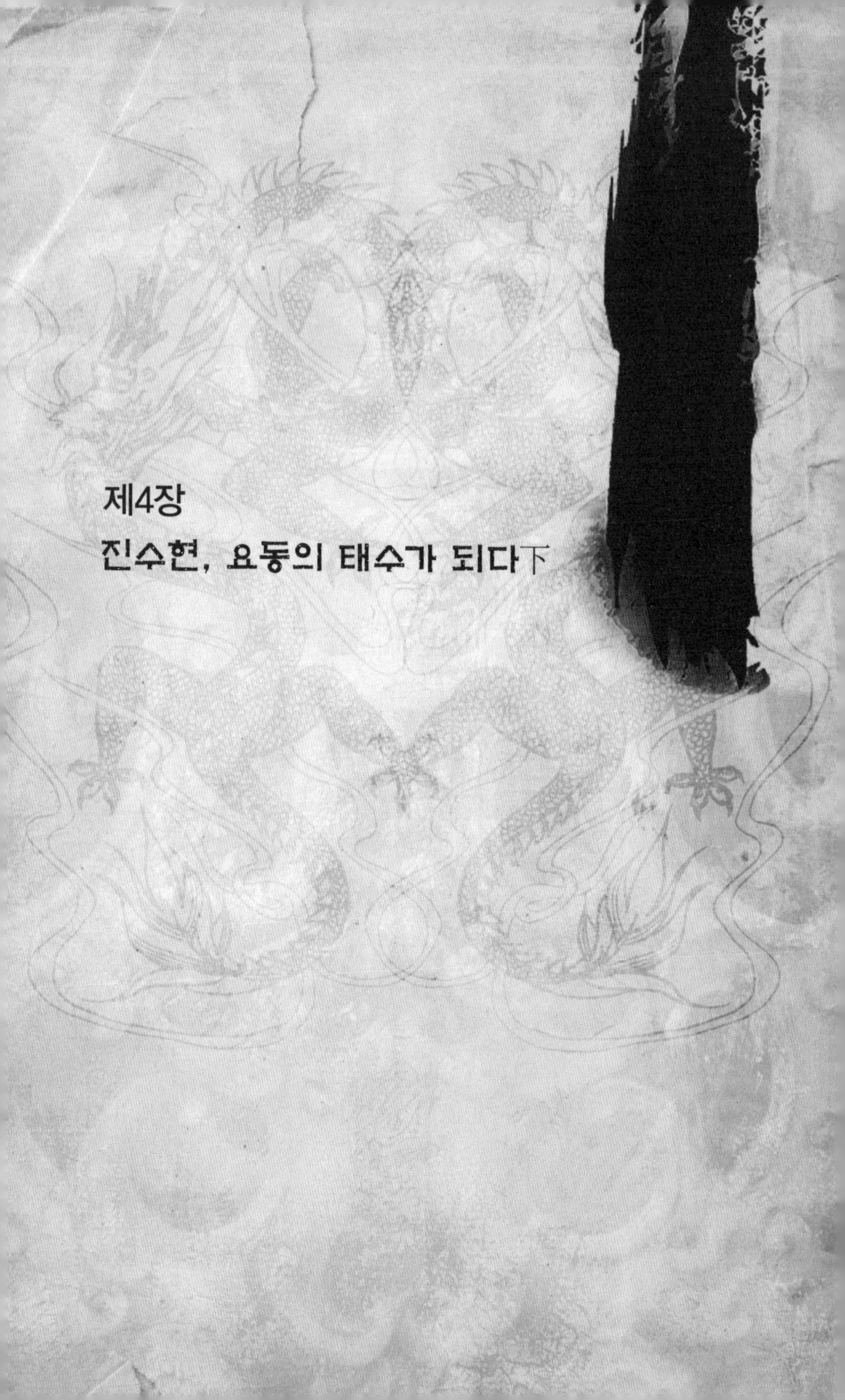

제4장

진수현, 요동의 태수가 되다下

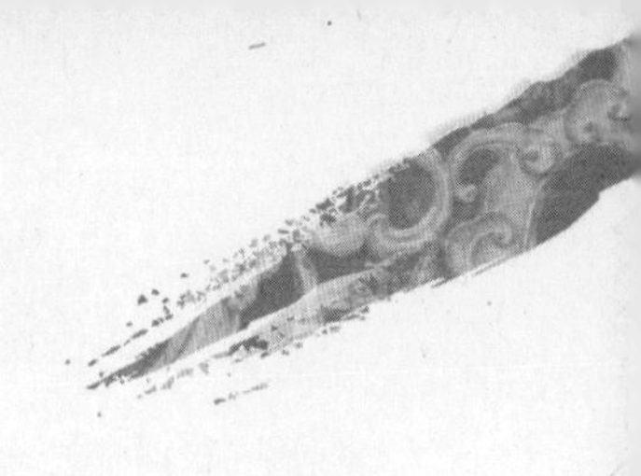

양평에 도착한 다음 날.

수현은 조회가 끝나자 공손도 태수에게 조운과 답돈을 정식으로 소개했다.

"태수님, 이쪽은 공주 전하를 구한 조운이라고 합니다. 자는 자룡을 쓰고 있습니다."

"상산 출신의 조운입니다."

조운이 태수를 향해 공손히 인사를 하였다. 태수는 이미 조당에 들어서기 전에 사위에게서 두 사람에 대한 언질을 받은 상태였다.

'호오, 사위가 의동생으로 삼았다더니, 대단한 젊은이구나.'

공손도 태수는 당당하면서도 예의를 잃지 않는 조운을 보며 고개를 살며시 끄덕거렸다.

"앞으로 계의 교위와 양평의 도위를 겸직한다고 하였지?"

"그렇습니다, 태수님."

"그럼 이곳뿐만 아니라 계로 옮겨와서도 잘 부탁하네. 그대 같은 뛰어난 무장이 사위를 돕는다니 기대가 아주 크네."

"최선을 다하겠습니다."

그러자 공손도 태수가 이번에는 조운의 옆에 있는 답돈에게로 시선을 돌렸다.

그에 수현은 자연스럽게 답돈을 가리키며 소개했다.

"오환의 구력거 대족장의 조카, 답돈입니다."

"오환의 답돈입니다!"

"허허, 용맹하게 생겼군. 내 언젠가 구력거 대족장을 본 적이 있는데 평안하신가?"

"노환인지라, 그저 그렇습니다."

"하긴, 가는 세월 앞에 장사 없는 법이지. 아무튼 자네도 우리 사위를 잘 부탁하네."

"예! 태수님!"

공손도 태수는 조운, 답돈을 보고는 빼어난 인물이라고 생각했다.

조운이야 두말할 필요가 없는 장수 같은 사내였고, 답돈은 흉포한 곰처럼 생긴 외모에 걸맞게 힘이 장사였다.

공손도 태수는 그들과의 만남을 뒤로하고 조당을 나섰다.

그러자 답돈이 늘어지게 하품을 해대며 말했다.

"하아아암! 저는 거처로 돌아가겠습니다. 혹시라도 필요한 일이 있으면 언제든 달려오겠습니다."

"긴 여정에 피곤할 것이니 푹 쉬게."

"예, 그럼 먼저 갑니다."

답돈은 흐느적거리며 조당을 나섰고, 수현은 그런 모습을 지켜보다가 조운을 바라보았다.

"자룡은 바쁘지 않으면 나를 따라오게."

"알겠습니다."

그렇게 요동에 돌아오고 나서 첫 조회가 끝나자 수현은 조운과 함께 어디론가 향했다.

그가 도착한 곳은 공손도 태수가 집무를 보거나, 잠시 쉴 때 이용하는 전각이었다.

"태수님, 접니다."

"들어오너라."

여러 현에서 올라온 죽간으로 되어 있는 보고문을 살펴보고 있었던 공손도 태수는 두 사람이 들어오자 반갑게 맞이했다.

"어서 오너라, 조금 전 조회 때 보았는데 아직 할 말이 남았느냐?"

수현은 공손도 태수에게 조심스럽게 말을했다.

"태수님, 조만간 계로 가시는 것으로 알고 있습니다."

"그거야 당연한 일이지. 네게 업무를 인수인계해 주면 떠나야지. 자칫하면 겨울에 떠날 수도 있으니 서둘러야겠구나."

"할아버님께 미리 말씀드린 것이 있습니다."

"장인어른께? 그럼 여기까지 찾아온 것은 나도 알아야 한다는 뜻이구나. 말해보거라."

"실은……."

수현은 내황공주에게서 병사를 양성하는 것과 소금을 생산하는 것을 허락받았다고 알려주었다.

그런 말에도 공손도 태수는 놀라는 기색이 없었다. 아니, 오히려 마치 이런 일을 예상이라도 한 것처럼 고개를 끄덕거렸다.

'원래 공손도 태수가 요동에서 독자적인 세력을 구축하여서 그런지 놀라지도 않네.'

수현의 생각처럼 공손도 태수는 반동탁 연합이 결성되자 요동에서 독자적인 세력으로 성장하게 되었다.

그런 성향의 공손도 태수이기에 수현의 말에 그다지 놀라지 않은 듯했다.

"소금을 어디서 생산할 것이냐? 그리고 무엇보다 중요한 것은 땔감을 어떻게 구할 것이냐?"

"저는 바닷물을 끓여서 소금을 만들지 않으려고 합니다. 겨울에는 일조량이 부족해 생산하기가 힘들지만, 여름에는 뜨거운 햇빛에 바닷물을 증발시켜 소금을 생산할 계획입니다."

"바닷물을 끓이지 않고 소금을 만든다? 그게 가능한 것이냐?"

수현이 말한 것은 천일염을 생산하는 방식이었다.

후한 시대인 지금은 천일염 생산법이 없었고, 그러니 공손도의 물음은 당연한 반응이었다.

조운도 궁금한 것은 공손도 태수와 매한가지였기에 수현을 바라보았다.

이때까지 후한에서 소금을 생산하는 방법은 세 가지가 있었다.

바닷물을 끓여서 소금을 만들거나, 아니면 암염이라는 돌을 캐내는 것이었다.

그 둘의 방법은 일반적인 소금 생산법이었고, 예외적인 것도 있었다.

독특하게도 익주(지금의 사천성)에는 소금 우물이 있었는데, 내륙 소금 소비의 한 축을 담당할 정도로 소금 산업이 발달해 있었다. 하지만 익주를 제외한다면 대부분의 소금은 바닷가에서 생산이 되었다.

수현은 소금에 관한 것을 자세히 알지는 못하지만, 천일염 생산은 자신이 있었다.

"얼마든지 가능합니다. 그리고 판매는 걱정하지 않으셔도 됩니다, 소금은 북방의 이민족들에게도 반드시 필요한 물품입니다."

"그거야 당연한 얘기고, 이미 허락을 받았다면 네가 알아서 잘 해보거라."

"감사합니다, 태수님."

"그럼 네가 말한 소금 생산지는 어디에 있느냐?"

"군창 인근입니다."

그러면서 수현은 품에서 가죽에 그린 지도를 꺼냈다.

그는 지도를 공손도 태수 앞에 있는 서탁에 펼쳤고, 태수는 요동 일대의 해안가를 그린 지도를 보며 물었다.

"네가 그린 것이냐?"

"예전에 상행을 다닐 때 눈여겨보았던 것을 이번에 그려보았습니다. 조잡합니다."

"아니다, 이 정도면 훌륭하다."

수현이 마음만 먹으면 지금의 지도와는 비교할 수 없을 정도로 정교하게 그릴 수도 있었다. 그러나 괜히 상세한 지도를 그렸다가는 공손도 태수에게 의심을 받을 것 같아서 적당히 해안가의 윤곽만 그려두었다.

"여기가 요하이고, 여기는 양평성입니다."

그러면서 수현은 양평성 바로 밑에 있는 요동만을 손으로 가리켰다.

초승달 모양의 요동만은 양평성에서 그리 멀지 않은 곳에 위치했다. 그리고 그곳은 양평성의 병사들이 백 일간 먹을 수 있는 식량이 비축된 군창(軍倉)이 있는 곳이었다.

"이곳은 그동안 태수님께서 심혈을 기울여 보관하신 군량과 무기들이 비축되어 있는 곳입니다."

"너도 알고 있겠지만, 군창이 존재한단 것은 기밀 사안이다. 자룡이 네 의동생이라고 하니 믿겠다."

"태수님, 믿어주셔서 감사합니다."

조운을 향해 고개를 살짝 끄덕인 공손도 태수가 다시 지도에 눈길을 주며 물었다.

"여기 해안가에서 소금을 만든다면 혹여 군창을 다른 곳으로 옮길 것이더냐? 너도 그곳이 얼마나 중요한 곳인지는 알 것이다."

"저는 이번에 양성하는 병사들의 숙영지를 이 근방에 만들려고 합니다. 그들에게 군창을 지키게 할 것이며 또한 그들에게 소금을 생산토록 할 것입니다. 그렇게 된다면 비밀은 유지될 것입니다."

그러면서 수현은 소금 판매 대금의 일부를 병사들을 위한 연금으로 조성할 계획이라고 설명했다.

그런 말에 공손도 태수가 놀란 눈으로 바라보았다.

"연금이라니?"

"소금을 판매한 자금의 일부를 기금으로 모아두었다가, 병사들이 다치거나 전사를 하면 유가족들의 안정적인 생활을 보장하기 위한 것입니다."

"자룡."

"예, 태수님."

"자네는 북평에서 졸백으로 있어봤다고 하였지. 그곳에서도 이런 것이 있는가?"

"없었습니다. 또한 병사들은 한번 징집되면 죽을 때까지 병영을 떠날 수가 없습니다. 형님, 병사들에게 왜 그런 것이 필요한지를 모르겠습니다."

조운의 말처럼 후한은 병사를 대부분 강제로 징집하였다.

그리고 한번 징집된 병사들은 제대라는 개념도 없이 오로지 죽는 날까지 싸워야만 했다.

물론 후한 시대에도 정식으로 병역제도가 존재했다.

요역(徭役)이라고 하여 1년에 30일을 변방에서 근무해야 하는 제도였다.

그러나 대부분이 농민인 후한 시대에 변방으로 가는 비용은 부담이 되었다. 또한 30일간의 병역을 치르고 나면 다시 고향으로 돌아가야 하는데, 돌아가다 때를 놓쳐 농사를 망치기가 일쑤였다.

이런 문제 때문에 300전을 납세하면 요역에서 면제를 해주었다.

하지만 말이 1년에 300전이지, 결코 적지 않은 금액이었다.

300전 납세가 어려운 농민들은 일종의 직업군인 형식으로 지방 호족들의 군벌로 들어가거나, 장원의 노비로 들어가는 경우가 많았다. 이러다 보니 장원의 농장주나 호족들이 대신 납세를 해주었고, 그 대가로 그들 농민들을 자신들의 재산처럼 취급하였다.

이렇게 병역제도의 비리가 심했고, 대부분의 병사들은 나라에 충성하는 것이 아니라 세금을 대납해 주는 호족들에게 충성하게 되었다.

그런 폐해를 알기에 수현은 앞으로 군대의 복무 기간을 5년으로 하겠다고 말한 것이었다.

"오 년이 지나면 군대를 떠난다고?"

"예, 원하는 자들에게 군을 떠날 수 있게 하겠습니다. 전역하는 그들에게 글을 가리키고, 직업을 소개해 준다면 군을 떠나 있어도 충성심은 남아 있을 겁니다. 평상시에는 각자의 생업에 종사하다가 유사시에 예비병으로 소집을 하는 겁니다.

그렇게 되면 군대를 유지하기 위해 막대한 비용을 소비할 필요가 없어집니다."

"자룡의 생각은 어떠한가?"

"지금은 무어라 답을 드리기가 어렵습니다, 시행을 해보고 그 후에야 답을 드릴 수 있겠습니다."

"알았다. 그럼 그렇게 하는 것으로 하자. 문제가 발생하면 고쳐 나가도록 하자."

"감사합니다."

또한 수현은 전역한 군인들로 인해 생산 인구가 꾸준히 늘어날 것이라고 설명을 했다. 전역 군인들이 세금을 납부할 것이고, 그러면 재정에 많은 도움이 될 것이었다.

그런 말을 듣자 공손도와 조운은 시행을 해볼 만하다 싶었다.

"그리고 병사들의 훈련은 여기 있는 자룡이 맡을 것입니다."

"알았다, 내가 도와줄 일은 없느냐?"

"태수님께서는 계에 있는 난민들 중에 장인들을 선발하여 보내주시면 고맙겠습니다."

"장인들이라… 아무래도 봄이나 되어야 가능하겠는데, 괜찮겠느냐?"

"목수, 대장장이, 배를 만들 조선공은 도착하시면 바로 보내주셔야 합니다. 단 강제로 하시면 안 됩니다."

"그건 걱정하지 않아도 된다. 그보다 말이 나온 김에 군창으로 시찰을 나가보겠느냐? 앞으로 네가 다스릴 곳이다."

"그렇게 하겠습니다."

그런 결정이 나자, 그날 오후 공손도 태수는 수현과 함께 군창이 있는 요동만으로 시찰을 나섰다.

* * *

수현은 공손도 태수와 함께 나란히 말을 몰아갔다.

그 뒤를 조운과 답돈이 따랐다. 또한 백여 명의 호위병들이 태수의 뒤를 따라갔다.

양평성의 남문을 나와 얼마 가지 않아서 수현은 인적이 없다는 것을 알게 되었다.

그에 자신의 뒤에서 따라오는 하급 군관을 바라보며 불렀다.

"이보게. 가까이 오게."

그 하급 군관이 말을 몰아왔고, 수현이 주변을 둘러보며 물었다.

"이곳은 거주민들이 없는가? 왜 이리 사람들이 없는 것인가?"

"군창을 만들기 위해 모두 다른 곳으로 이주를 시켰습니다.

지금은 군창을 지키는 병력들만 있습니다."

"지키는 병사들은 몇이나 되는가?"

그러자 그때까지 말이 없던 공손도 태수가 정면을 바라본 채로 답을 해주었다.

공손도 태수는 평시에 군창을 수비하는 병력이 300명이라고 알려주었다.

그 말에 수현은 삼백의 병사가 3교대로 운용이 된다면, 겨우 백 명 남짓한 수비 병력이 군창을 지키고 있다는 계산을 하였다.

'아무리 요동 일대가 치안이 유지되고 있다지만, 중요한 군사시설치고는 너무 적은데…….'

그런 생각을 하던 중에 요동의 지리적 위치가 떠오르자 장인의 이런 결정이 납득되었다.

'주변에 마땅히 경계해야 할 제후들이 없기 때문인지도 모르겠구나…….'

그런 생각을 하며 한참 동안 길을 따라가던 수현의 눈에 이상한 것이 보였다.

그리고 조금 전 그 하급 군관에게 다가오라는 뜻이 담긴 손짓을 했다.

모두들 수현의 그런 행동을 말없이 지켜보았다.

수현은 길 한편에 시커먼 돌들이 잔뜩 쌓여 있는 것을 손으로 가리키며 그 하급 군관에게 물었다.

"이보게, 저것들은 뭔가?"

"군창의 부지를 정리하다가 나온 폐석을 모아둔 것입니다."

"폐석?"

"왜 그러느냐?"

"아, 아닙니다."

공손도 태수의 물음에 그처럼 답을 하였지만, 자꾸만 길가에 쌓여 있는 폐석들이 눈에 거슬렀다. 그러면서 폐석이 마치 석탄 같다고 생각했다.

수현이 비록 석탄 원석을 본 적이 없다지만 현대를 살았다. 그러니 인터넷에 올라온 사진을 본 적이 있었다.

'설마 아니겠지.'

그는 저들이 석탄의 존재를 모를 리가 없을 것으로 생각했다.

그러나 그런 생각은 얼마 가지 않아 깨지고 말았다.

군창의 목책을 지나 안으로 들어가자 여러 채의 창고, 대장간을 비롯한 부대시설들이 모여 있는 군창의 부지에 석탄이 깔려 있었다.

겨우 사람들이 오가는 좁은 길을 제외하고는 온통 석탄이 깔려 있었다.

그것을 보고 놀라지 않을 수가 없었다. 저들이 폐석이라고 버린 것을 보니 아직은 석탄의 존재를 모르고 있다는 확신이 생겼다.

수현의 생각이 옳았다.

중국에서 석탄이 사용된 것은 기원후 천 년경이었다. 그러니 2세기인 지금의 후한에서는 석탄이 무언지 아는 사람이 없었다.

"장인어른!"

"왜 그러느냐?"

"중요한 일입니다. 저쪽으로 가시지요."

태수가 방문한다기에 군창의 군관들과 병사들이 잔뜩 긴장한 채로 도열한 상태였다. 그러나 수현은 지금 그런 병사들이 눈에 들어오지가 않았다.

석탄의 발화점이 높기는 하지만 그래도 나무에 불이 붙는 온도라면, 석탄에도 불이 붙을 수가 있었다. 만에 하나라도 이곳에 불이 붙어버리면 군창은 한순간에 재로 변해 버리는 것이었다.

공손도 태수는 평소 사위가 경거망동을 하지 않는다는 것을 알기에 묵묵히 그를 따라갔다.

수현은 석탄이 깔려 있지 않은 창고 구석으로 가더니 한 병사를 지목하며 소리쳤다.

"너는 가서 화로를 가져오너라! 목탄도 있으면 가져오고!"

"예!"

"대체 무슨 일이냐?"

"잠시만 기다려 주시지요."

수현의 답에 공손도 태수는 말없이 기다려 주었다.

잠시 후 그 병사가 숙소에서 화로를 들고 나왔다. 태수의 사위가 워낙 분위기가 심각한 것을 느낀 그 병사는 재빨리 달려와 화로를 바닥에 내려두었다.

"가져왔습니다."

"불을 붙이거라."

병사 몇이 달려들어 순식간에 목탄에 불을 붙였고, 그에 수현은 공손도 태수를 바라보았다.

"태수님, 겨울에는 장작이나 목탄을 난방용으로 쓰고 있지요?"

"그렇다만, 대체 왜 이런 일을 벌이는 것이냐?"

"먼저 이걸 보시지요."

그러면서 수현이 타오르고 있는 숯에 석탄 한 주먹을 던져 넣었다.

잠시 시간이 지나자 석탄에 불이 붙었다.

"아니! 불이 붙다니!"

"세상에! 형님 저 돌이 무언데 불이 붙는 겁니까?"

갑자기 주변이 도떼기시장으로 변해 버렸다.

사람들이 웅성거리는 소리는 좀처럼 멈추지 않았고, 모두들 난생처음으로 보는 석탄을 신기하게 바라보았다.

"태수님, 주변을 둘러보십시오, 온통 석탄이 깔려 있지 않습니까. 만에 하나 불이 붙는다면 애써 모아둔 군수품이 모두 재로 변해 버리게 됩니다."

"여기 책임자가 누구냐! 당장 앞으로 나서라!"

공손도 태수의 추상같은 호통이 떨어지자 한 군관이 다급히 달려오더니 무릎을 꿇었다. 그러면서 그 군관은 두려움이 배어 있는 말투로 애원을 하듯이 말했다.

"태수님 저는 저 돌이 불에 타는 것인지를 몰랐습니다. 그저 폐석이 있는 곳에는 비가 와도 배수가 잘되기에 습기를 막고자 깔아둔 것입니다. 정말입니다!"

"태수님, 저자는 아무런 잘못이 없습니다. 그러니 그만 용서를 하시지요."

공손도 태수는 사위의 말에 굳은 표정을 풀 수밖에 없었다. 자신도 석탄을 모르고 있었던 것은 사실인지라 그 군관을 더 이상 추궁할 수가 없었다.

"당장 바닥에 깔려 있는, 사위, 저 돌 이름이 뭐라고 하였지?"

"석탄입니다."

"그래, 석탄! 모두 석탄을 걷어내라!"

병사들은 태수 공손도의 명령이 떨어지자 군창 곳곳을 돌아다니며 석탄을 걷어냈다.

공손도 태수는 그런 것을 지켜보다가 수현에게 물었다.

"너는 저걸 어떻게 알았느냐?"

"제가 왕부에 있을 때 우연히 저 돌이 불에 탄다는 것을 알게 되었습니다. 그 후로 왕부의 난방을 석탄으로 사용했습니다."

"오! 듣고 보니 네 말대로 난방용으로 사용하면 좋겠구나."

"그리고 제가 염전을 만든다고 하지 않았습니까. 저 석탄만 있으면 굳이 나무가 없어도 됩니다. 그러니 겨울에도 바닷물을 끓여 소금을 생산할 수 있습니다."

수현의 말을 듣자 공손도 태수는 석탄의 효용성이 엄청나다는 것을 알게 되었다.

만약 석탄이 난방용으로 사용된다면 엄청난 재원이 될 것이라고 직감했다.

'석탄 한 포마다 세금을 붙인다면…….'

그런 생각이 들자 입가에 미소가 만들어지는 그였다.

"형님, 참으로 형님은 보면 볼수록 신기합니다."

"칭찬으로 알겠네."

"당연하지요!"

"하하하, 역시 우리 사위는 참으로 난 사람이구나. 이런 훌

륭한 것을 얻었으니 병사들에게 상을 내려야겠다."

공손도 태수는 대단히 기뻐하며 병사들에게 술과 고기를 하사하라는 지시를 내렸다.

그렇게 수현은 뜻하지 않게 석탄을 발견하게 되었고, 그것을 기반으로 하여 한겨울에도 바닷물을 끓여 소금을 생산할 수 있게 되었다.

훗날의 얘기지만 수현은 태수가 된 후에 석탄과 난로를 보급하였다.

그러자 그동안 난방용 연료로 사용되었던 나무의 무분별한 벌목이 중단되었다. 그로 인해 수시로 발생하였던 요하 하류 지역의 범람을 다스리게 되었다.

*　　　*　　　*

그날 저녁.

수현은 별채 옆에 있는 평상에 앉아서 무언가를 골몰히 생각하고 있었다.

작은 술상이 앞에 있었지만, 잔이 비어버린 지는 한참이나 되었다.

지금 그는 막호발의 사위 태사자를 생각하고 있는 중이었다.

오늘 군창을 시찰하고 돌아와 보니, 두 사람이 태수부를 다녀갔다고 하였다. 내일 다시 오기로 하였던 그들인지라 수현은 고민이 될 수밖에 없었다.

깊은 고민 때문에 아내 공손란이 곁에 다가와 앉는 것도 몰랐다.

쪼르륵!

그녀가 빈 잔에 술을 따라주는 소리에 겨우 상념에서 벗어날 수가 있었다.

"상공, 무슨 생각을 그렇게 하시는지요?"

"조만간 태수가 되어야 한다니 어떻게 해야 하나 고민을 하였소."

"상공이시라면 무난하게 잘해내실 겁니다."

"그래 보이시오?"

"당연하지요, 저는 상공을 믿습니다."

"하하하, 원래 가족들에게 인정받기가 참으로 어려운 법인데."

"그렇습니까?"

"공자께서도 자신의 고국에서 인정을 받지 못해 천하를 떠돌아다녔지. 그런데 나는 당신에게 인정을 받았으니 절반은 성공했군."

그러자 공손란이 입가에 미소를 만들며 그를 바라보았다.

먼 길을 떠나 오랜만에 돌아온 수현을 바라만 보는 것만으로도 기쁜 그녀였다.

그러나 지금 수현의 머릿속은 오로지 태사자의 생각으로 가득해서, 그만 공손란을 곁에 두고 내버려 두는 실수를 해버렸다.

그 때문에 수현을 바라보는 공손란의 눈빛이 점점 애처롭게 변해갔다.

이러면 안 된다는 것을 알았지만 수현은 자신의 마음은 몰라주고 먼 하늘을 바라보고 있었다. 그녀는 그런 수현을 보자 갑자기 서운한 생각이 들어 자리에서 일어섰다.

"상공, 너무 오래 계시지 마세요. 날이 찹니다."

"조금만 더 있다가 들어가겠소."

공손란은 별채로 들어가면서 연신 뒤를 돌아보았다.

그러나 수현은 그녀에게 눈길조차 주지 않았다. 오로지 태사자만을 생각하다 보니 공손란의 눈가에 눈물이 고여드는 것도 몰랐다.

뜻하지 않게 공손란에게 마음의 상처를 심어준 수현이 나지막하게 중얼거렸다.

"태사자가 고향으로 돌아가고 얼마 후에 공융을 구해주는데, 어떻게 하나."

수현은 막호발 족장이라면 태사자를 충분히 설득시킬 것으로 예상을 했다. 문제는 그 후의 일이었다.

태사자가 고향으로 돌아가면 모친을 극진히 모신 공융을 돕게 된다.

그런데 만약 여기서 태사자를 자신의 사람으로 등용해 버리면 역사가 뒤틀리게 되었다.

물론 자신이 개입한 순간부터 서서히 역사는 바뀐다고 생각했던 수현이었다. 그러나 그런 것보다 당장 태사자의 고향에 있는 그의 모친이 마음에 걸렸다.

"사람을 보내서 데려와야 하나… 그러자니 너무 멀고."

육로를 통해 태사자의 고향으로 가려면 족히 몇 달이나 걸릴 것이었다.

태사자의 모친이 그런 힘든 여정을 견뎌낼지가 의문스러워서 이내 고개를 흔들고 말았다.

"바다를 건너 산동반도에 가야 한다는 것인데, 배가 있나 모르겠네."

수현은 태사자의 존재를 알게 된 후부터 이 문제로 고민을 계속했었다.

그 때문에 공손도 태수에게 계에 도착하면 목수, 대장장이, 조선공을 먼저 보내 달라고 부탁을 한 것이다.

아직 요동 전체를 파악하지 못한 수현이었고, 그러다 보니 군에 속한 현에 배가 있는지도 모르고 있었다.

"관해라… 정말 관우와 수십 합을 싸우다 죽은 것일까?"

자신이 읽은 삼국지의 내용이 사실을 기록했다고 가정을 한다면, 기록상 관해라는 황건적의 두령은 관우와 수십 합을 싸운 후에야 간신히 그를 죽였다고 한다. 만약 그런 기록이 사실이라면 관해라는 황건적의 두령은 관우와 거의 동급이라는 생각이 들었다.

그러다 보니 관해라는 황건적의 두령을 자신의 사람으로 만들고 싶었다. 그러면서도 한편으로 태사자의 모친을 구해주고 싶었다.

"관해가 내년에 식량을 일만 석이나 빌려달라고 공융에게 협박을 하는데… 식량이 필요한 시기라면 춘궁기겠구나!"

수현은 관해와 공융이 싸운 시기를 내년 봄이나 초여름 때로 추측했다.

그럼 내년 봄에는 무슨 일이 있어도 북해로 가야만 했다.

그러려면 병사들을 태울 배가 필요로 하다는 생각이 들었다. 그러나 여기서 또다시 문제에 봉착하는 그였다. 그것은 바로 요동을 지키는 병사들을 함부로 빼내 쓸 수가 없다는 것이다.

"천상 소수 정예로 가야 한다는 것인데… 조운, 답돈, 여기에 태사자가 있으면 아무리 관해가 강해도 싸워볼 만한데."

어차피 공융을 협박하는 황건적의 잔당은 수는 많아도 굶주림에 시달려 지쳐 있을 것이라고 보았다. 그러니 황건적의 잔당들은 큰 위협이 되지 않는다고 판단을 내렸다.

그까짓 굶주림에 지친 황건적의 잔당들이라면 얼마든지 상대해 줄 수 있다고 보았다.

그러다 수현은 공융을 떠올렸다.

"기록대로라면 공융은 완전히 또라이인데……."

수현의 솔직한 마음은 종잡을 수 없고 제어조차 안 되는 공융을 버리고 싶었다.

그러나 한 지역의 수장인 공융이라, 그럴 수는 없다고 생각했다.

"관해는 포섭이 불가능하면 죽여야겠지만, 공융은 반드시 포섭을 해야겠구나."

공융은 원래 중앙의 관리였다.

그러다 동탁의 전횡을 비판하였고, 그 일로 그는 북해국(北海國)의 상(相)으로 좌천을 당해 버리게 되었다. 그나마 좌천된 자리가 국의 최고 관직이라 불행 중 다행이었다.

그리고 훗날의 얘기지만 공융은 조조가 형주를 침공하자 비난을 하였다.

조조가 그 일로 공융에게 얼마나 큰 앙심을 품게 되었는지는 그의 죽음에서 잘 드러났다.

조조는 자신과 대적한 사람은 죽일지라도 그자의 가족은 보살펴 주었다. 그 단적인 예로 원소의 차남 원희의 아내였던 견희(훗날의 문소황후)를 장남 조비와 혼인시켜 주었다.

그런데 공융의 경우에는 어린 두 자녀들까지 모조리 죽여 버렸다.

그러니 조조가 공융에게 얼마나 앙심이 크게 남았는지를 알 수 있었다.

수현은 공융의 죽음을 상기하며 중얼거렸다.

"시대의 흐름을 읽지 못하고, 잘난 맛에 살다가 자식마저 죽였지만… 앞으로 공융이 필요한데."

수현은 공융을 포섭만 한다면 일순간에 대륙으로 진출할 수 있는 거점이 만들어진다고 보았다.

어차피 지금의 혼탁한 싸움에는 끼어들 생각이 없었다. 서로를 죽이고, 죽기 때문에 괜히 나서서 괜히 미운털이 박히고 싶지가 않았다.

이미 지난날 원소와 공손찬의 싸움을 지켜보면서, 자신은 요동에서 힘을 기르기로 계획을 세웠다. 그렇지만 대륙의 정보를 구할 수 있는 북해라는 거점은 반드시 필요하다고 보았다.

"문제는 북해에 가더라도 그곳에 있는 관리들이 반발을 하지 않아야 하는데……."

공융이 워낙에 괴팍한 자란 것을 알고 있었다. 그의 기록을 살펴보면 마치 현대 대한민국에서 허황된 공약을 남발하였던 대통령 후보가 떠올랐다.

그러나 공융이 제 잘난 맛에 사는 위인일지라도, 그를 보좌하는 인물들은 결코 만만하게 생각할 수가 없었다.

특히 그들 중에 손소라는 인물이 가장 마음에 걸리는 수현이었다.

손소는 오나라의 초대 승상을 지낼 만큼 뛰어났다.

그런 자가 있는 북해에 무턱대고 갔다가는 아무것도 할 수가 없다고 보았다.

"답답하구나, 명색이 황숙의 손녀사위인데 쳐들어갈 수도 없고……."

수현은 자신이 무슨 도적이나 황건적도 아니고, 황숙 유우의 손녀사위라는 신분을 잊지 말아야 한다고 보았다.

만약 자신이 북해를 강제로 점령한다면 순간은 편할 것이었다. 하지만 황숙 유우의 손녀사위가 북해를 강제로 점거했다는 것이 알려지면, 그 후로는 어느 누구도 자신을 믿어주지 않을 것이었다.

"저들이 꼼짝하지 못할 명분이 필요한데."

명분!

동서고금을 통틀어 명분이 확실하지 않으면 얼마 가지 못한다는 것을 잘 아는 수현이었다.

골몰히 고민을 하던 중에 불현듯 좋은 생각이 떠올랐다.

그는 순식간에 북해 공략 계획을 세우더니, 자리에서 일어나 자신의 서재로 들어갔다. 그러고는 황숙 유우에게 보내는 장문의 서신을 작성했다.

* * *

다음 날, 수현은 조당에 등청하였다.

그리고 그날, 마침내 공손도 태수에게서 요동태수의 인장을 물려받았다.

"이제부터 네가 요동의 태수다."

"실망하시지 않도록 최선을 다하겠습니다."

"믿으마, 모두 들으라!"

공손도 태수의 외침에 조당의 관리들이 일제히 그를 바라보았다.

"여기 있는 신임 요동태수는 사사로이는 유주의 목이신 황숙의 손녀사위이면서, 이 몸의 사위가 된다. 비록 나이는 어리지만 그것을 빌미로 함부로 대하는 이가 나타난다면, 내 친히 그자를 엄벌에 처할 것이다! 모두 명심하라!"

"예, 태수님."

공손도 태수의 엄포에 조당의 관리들이 일제히 답을 했다.

지난날 공손도가 태수로 부임하고 백여 명의 사람들을 죽인 것을 아직도 생생하게 기억하는 관리들인지라 모두들 바짝 긴장이 되었다.

수현은 간단히 취임 인사말을 한 후에 조회를 끝마쳤다.

그러고는 조운과 답돈을 남게 하였고, 공손도와 함께 지난 밤에 세웠던 계획을 진행하기로 했다.

"혹시 요동에 배가 있는지요?"

"조정에 세금을 내야 하니 당연히 세운선 몇 척이 있다. 세운선을 이용해 강을 따라 낙양으로 가면 육로보다 몇 배는 시간이 단축된다."

"그럼 세곡을 제외한다면 몇 명이나 승선이 가능한지요?"

"모두 일곱 척이 있고, 적어도 척당 백 명은 가능할 것이다. 그런데 왜 그러느냐?"

"제가 내년에 배를 쓸 일이 있어 그럽니다."

"내년에? 무슨 일이 생기는 것이냐?"

공손도는 지금까지 수현이 정국을 추측한 것이 들어맞자 이제는 그의 말이라면 무조건 믿게 되었다.

"아직은 추측이라 말씀을 드리기가 어렵습니다. 내년에 확실해지면 그때 말씀 올리겠습니다."

그러자 공손도가 조운과 답돈을 바라보며 말했다.

"그대들은 신임 태수를 잘 보필하게."

"예, 그렇게 하겠습니다."

"저도 태수님을 잘 모시도록 하겠습니다."

그렇게 수현은 정식으로 태수에 임명이 되었고, 조운과 답돈에게 병사를 모집하는 일을 맡겼다.

그런 후에 그는 공손도에게 독대를 청해, 간밤에 작성한 서신을 내밀었다.

"이 서신을 할아버님께 전하고 싶습니다.

"서신? 중한 일이더냐?"

"조만간 원 맹주가 또다시 할아버님께 황제의 위에 오르라고 청을 해올 것입니다. 그것에 대비하는 계책을 적은 서신입니다."

"읽어봐도 되겠느냐?"

"그리하시지요."

공손도는 천천히 서신을 읽어가다 놀라고 말았다. 만약 서신의 내용대로 성사가 된다면 자신의 장인은 황제나 다름이 없는 엄청난 권한이 생기기 때문이었다.

"지급으로 장인어른께 전해 드리도록 하마. 이렇게 하면 네게도 도움이 되겠지?"

"물론입니다, 큰 도움이 될 것입니다."

"그럼 되었다. 그만 가서 일 보거라."

그런 결정이 나자 수현의 서신은 전령을 통해 빠르게 계로 전해지게 되었다.

그날 오후.

수현은 공손도 태수에게서 물려받은 집무실 겸 휴게실에서 홀로 차를 음미하고 있었다.

"태수님, 이평입니다."

"들어오너라."

태수부의 시종 일을 착실하게 수행하던 이평은 안으로 들어가서 대장장이가 찾아왔다고 전했다.

"너는 가서 자룡에게 보자고 하였다고 전하여라. 대장장이는 들어오라고 하고."

"예, 태수님."

잠시 기다리자 건장한 체구를 가진 중년의 사내가 들어왔다.

"태수님을 뵙습니다."

"만들라고 한 것은 어찌 되었느냐?"

"가지고 왔습니다."

대장이는 그가 있는 자리로 가더니 서탁 옆에 대나무 상자를 내려두었다. 그러고는 뚜껑을 열어 안에 든 것을 꺼내놓았다.

대장장이가 만든 것은 등자였다. 모두 다섯 개를 만들어 왔는데, 수현은 가죽 끈으로 말안장과 연결되게 만든 등자를 보며 흡족해했다.

“아주 잘 만들었다, 앞으로 이런 것을 많이 만들어야 한다.”

“몇 개나 필요하신지요?”

“많을수록 좋다. 혼자서 하기에 벅차다면 주변 사람들을 고용하거라. 물품 대금을 받아 가면 충분할 것이다.”

“아닙니다! 대금은 없어도 됩니다!”

대장장이는 신임 태수가 무슨 소리를 하나 싶어 두렵기만 했다. 이제껏 태수부에서 쓰이는 물품들은 공물이라고 하여 대금을 받지 않았다.

그러니 대장장이는 당연히 이번에도 공물이라고 생각하고 태수부를 찾아온 것이다.

“앞으로 부중에 납품하는 물품들은 모두 대금을 지불할 것이다. 너는 수입 중에 일정한 비율의 세금만 납부하면 된다. 그러니 그리 알고 받아가거라.”

“예, 태수님.”

대장장이가 인사를 하고 나가자 수현은 등자를 살펴보며 입가에 미소를 만들었다.

“형님, 접니다.”

“들어오게.”

때마침 조운이 찾아왔고, 수현은 안으로 들어서는 그에게 자리를 권했다.

조운이 마주 보며 앉자, 그에게 등자를 보여주었다.

무심결에 그것을 받은 조운은 너무나 단순하게 생긴 등자를 보고 수현에게 물었다.

"형님, 이게 뭡니까?"

"등자라고 하는 것이네."

"등자? 어디에 쓰는 것입니까?"

"아무래도 백 마디 말보다는 직접 눈으로 보는 것이 낫겠지. 평아! 밖에 있느냐!"

수현의 부름에 시종 이평이 안으로 들어왔다.

그에게 등자를 챙기게 하고는 조운과 함께 성내에 있는 병영으로 향했다.

양평성 외곽에 위치한 병영에 수현이 도착하자, 부대는 갑자기 비상이 걸린 것처럼 부산하게 움직였다.

수현은 뜻하지 않게 양평성을 지키는 병사들의 사열을 받게 되었다.

신임 태수가 누구인지를 다들 알기에, 병영 안 연병장은 잔뜩 긴장한 채로 오와 열을 맞춰 도열한 병사들로 가득했다.

수현은 부대의 지휘관을 대동하여 병사들의 무장 상태를 점검했다.

공손도 태수가 각별히 신경을 썼다는 것을 보여주기라도 하는 듯 병사들의 무장은 훌륭했다.

"이보게."

"예! 태수님!"

병영의 지휘관이 잔뜩 군기가 든 상태로 답을 하였고, 수현은 병사들을 해산시키라고 했다.

그는 그렇게 병사들이 흩어지는 것을 바라보다가 물었다.

"여기에 기병은 얼마나 되는가?"

"오백을 유지하려고 노력하고 있습니다."

"겨우 오백?"

"태수님, 그것도 많은 수입니다. 기병을 양성하는 것은 일반 병사들을 양성하는 것보다 수십 배나 많은 시간과 자금을 필요로 합니다."

조운의 그런 설명에 수현은 고개를 끄덕거리며 다시 그 지휘관에게 물었다.

"기병을 양성하는 데 가장 큰 어려움은 뭔가?"

"아무래도 말을 타고 달리다 보니 부상자들이 많습니다. 낙마하여 죽은 자들도 상당합니다."

그런 말에 수현은 자신의 생각대로 기병에게 등자는 반드시 필요한 물품이라는 확신이 생겼다.

"마방으로 가지."

"예! 저쪽으로 가시면 됩니다."

지휘관이 앞장서 안내를 하였고, 전령은 마방으로 빠르게 달려갔다.

주변을 둘러보면서 걸어가던 수현이 마방에 도착했다.

전령을 통해 미리 연락이 되어 마방 앞 공터에는 기병들과 마방의 관리자들이 도열한 상태였다.

"말을 관리하는 자가 누구냐?"

"소인이옵니다, 태수님."

병사들 옆에 스무 명 정도의 사람들이 따로 모여 있었고, 그들 중에 나이가 지긋해 보이는 노인이 답을 했다.

"자룡, 가져온 것을 내어주게."

"예. 가져온 것을 전해주어라."

그러자 대나무 상자를 들고 따라다녔던 시종 이평이 그 노인에게 상자를 전해주었다.

"안에 들어 있는 것을 살펴보아라."

그러자 마방의 책임자인 그 노인이 상자를 열었다. 노인은 처음 보는 것이 들어 있어 고개를 갸웃거리며 물건을 집어 들었다. 길쭉한 가죽 끈에 매달려 있는 철제 기구였는데, 도무지 용도를 알 수가 없었다.

"그것을 안장에 연결하여라."

수현의 지시에 말을 관리하는 자들이 달려들어 안장에 등자를 단단히 연결했다.

워낙에 간단한 구조의 등자인지라 연결하는 데 어려움은

없었다.

그렇게 다섯 마리의 말에 등자가 연결되었다.

"자룡이 먼저 타보게. 그럼 왜 내가 이것을 보급하려고 하는지를 알게 될 것이네. 먼저 기사를 선보이고, 창으로 마무리를 해보게."

"예, 태수님."

그에 조운이 등자가 연결된 말에 올라 공터 한편에 있는 허수아비와 과녁을 향해 빠르게 말을 몰아갔다.

조운은 안장에 걸려 있는 활을 빼어 들어 시위에 걸었다. 그러고는 가볍게 시위를 놓았다.

퉁!

"아니!"

수현이 알려준 대로 등자에 양발을 걸치고 힘을 줬을 뿐인데, 예전과는 비교할 수 없을 정도로 자세가 안정되었다. 더구나 말을 탄 상태에서 창을 휘두르자 너무나 쉽게 힘을 줄 수가 있었다.

조운은 더 이상 타볼 것이 없다 싶어 수현이 있는 곳으로 말을 몰아가서 내렸다.

"직접 타보니 어떤가?"

"놀랍습니다! 이런 일은 처음입니다!"

"다른 병사들도 타보도록 하라!"

수현의 지시에 4명의 기병들이 말을 몰아 조운이 했던 것처럼 달렸다. 그들은 순식간에 등자의 위력을 느끼게 되었고, 경악하고 말았다.

그렇게 수현은 자신의 군대에 등자를 보급하기 시작하였다.

한편 병영 시찰을 마치고 돌아가는 수현은 모르고 있었지만, 전혀 예상하지 못한 일이 성안에서 발생하고 있었다.

멀고도 먼 고구려에서 발생한 일의 여파로 수십의 사람들이 양평성으로 들어왔다. 그런데 그들 중에는 몇 달 전에 양평성을 떠났던 화타가 있었다.

제5장

고구려 여인 고은서

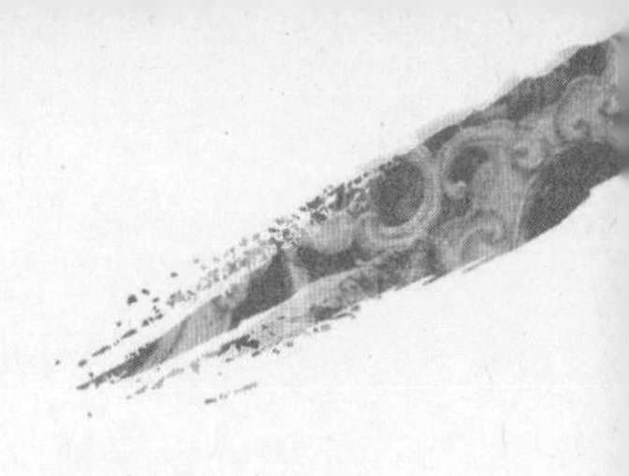

수현이 내황공주를 구하기 위해 요동을 떠나고 얼마 후의 일이였다.

190년, 고구려의 고국천왕은 연나부의 귀족 좌가려와 어비류가 왕후의 권세를 믿고 악행을 일삼자 죽이려고 하였다.

그런데 왕의 그런 계획을 미리 알게 된 좌가려와 어비류가 먼저 반란을 일으켰다.

다행히도 고국천왕이 반란을 평정했지만, 왕후 우씨(于氏)가문과 귀족들의 극렬한 반대 때문에 어처구니없게도 역적 좌가려와 어비류를 용서했다.

훗날의 얘기지만 그 둘은 197년 고국천왕이 죽자, 190년 당시 반란을 통해 자신들이 왕으로 추대하려고 하였던 고연우를 왕위에 올리는 데 성공하게 되었다.

고연우는 고국천왕의 둘째 동생이었고, 왕의 사후에 왕후 우씨와 결혼한다. 그가 바로 고구려의 10대 왕 산상왕이었다.

190년 봄, 고구려.

고국천왕의 첫째 동생 고발기. 그는 형이 난을 평정했다는 것에 안도하였다.

하지만 뒤이어 온 좌가려와 어비류 두 역적을 죽이기는커녕 용서했다는 소식을 접하게 되자 극도로 불안한 증세를 나타냈다.

형인 고국천왕이 죽고 나면 그가 왕위 계승 서열 1위였다.

그러나 자신을 따르는 귀족들은 아무도 없고, 오로지 동생 연우에게만 귀족들이 모여들자 불안할 수밖에 없었다.

고발기는 자신은 고구려의 왕자이므로 나라를 떠날 수 없지만, 자신의 아들과 딸은 피신을 시켜야겠다고 생각했다. 그래서 깊은 밤에 고국천왕의 막냇동생 고계수를 은밀히 불렀다.

야심한 밤에 형의 부름을 받고 달려온 계수는 불안하기만 했다. 좌가려와 어비류의 반란이 평정된 지 얼마 되지 않아

분위기가 너무나 어수선했기 때문이었다.

그런 분위기 속에서 형을 만난 계수는 놀라운 말을 듣게 되었다.

"형님, 그게 무슨 말입니까?"

"너도 알 것이다. 모든 귀족들이 왕위 계승자인 나보다 연우를 지지하고 있다. 그러니 당장 내일 밤에 내가 죽는다 하여도 이상할 것이 없다."

"연우 형님은 그럴 분이 아닙니다."

"동생, 자네는 너무 정이 많아. 권력이라는 것이 자네의 말처럼 그럴 수 있다면 왜 내가 자식들을 피신시키려고 하겠는가?"

"설마 두 조카를 모두 피신시키려고 하십니까?"

계수의 물음에 형 고발기는 말없이 고개만 끄덕거렸다.

그에 작은 술상에 있는 잔을 들어 단숨에 들이켜는 계수였다.

탁!

계수가 거칠게 잔을 내려놓으면서 말했다.

"그건 안 됩니다. 형님 말대로라면 아들이라도 여기를 지켜야 형님의 뒤를 이을 수 있는 겁니다. 연우 형님이 설마 어린 조카마저 죽이겠습니까?"

동생의 말에 고발기는 또다시 고개를 끄덕거렸다. 자신이 죽어도 아들이 살아만 있다면 그것으로 되었다고 보았다.

"알겠네, 그것은 자네의 뜻에 따르지."

"그럼 은서를 어디로 보내실 겁니까?"

"요동이네."

"형님! 요동은 우리 고구려와 관계가 좋지 않습니다. 더구나 요동이 얼마나 먼 곳에 있는지 아십니까! 은서의 나이가 고작 열넷입니다! 그런 아이를 요동으로 보내려고 하십니까! 차라리 백제로 보내시지요."

"동생, 요동과 관계가 안 좋은 것은 사실이지만 이미 상당한 시간이 흘렀네."

참고로 184년에 후한의 요동태수가 쳐들어와 고국천왕이 직접 출병하여 좌원(坐原)에서 한군을 격퇴, 요동으로 퇴각시켰다.

고발기와 계수, 두 사람이 말하는 후한과의 관계는 이때의 전투를 의미하는 것이었다.

"그래도 요동은 좀 그렇습니다."

"요동이 어디에 있는지 나라고 왜 모르겠는가. 백제가 가깝기는 하더라도, 백제는 아니 되네. 만약 은서가 그곳에 있다는 것이 알려진다면 틀림없이 소환 명령이 떨어질 것이네. 그럼 백제라 하여도 별수 없지."

"아무리 그래도 요동은 너무 멀지 않습니까?"

"부탁하네, 자네가 은서와 함께 요동태수를 만나주게. 내 그 아이를 위해 재물은 넉넉히 챙겨줄 것이니, 그리해 주시게."

그 말에 계수는 멈칫했다.

잠시 머뭇거리다가 묻는 그였다.

"그럼 저보고 요동에서 살라는 것입니까?"

"동생은 이 나라의 왕자네. 그건 아니 되네. 두어 달 전인가? 한나라에서 넘어온 고명한 의원을 구해준 적이 있었다네. 그 인연으로 지금 은서가 그 의원의 제자가 되었네. 요동에서 정착하는 것은 그 의원이 도와줄 것이네."

"그렇습니까? 그럼 제가 요동까지만 데려가겠습니다."

"어허, 그곳의 태수를 만나보라지 않는가. 요동태수의 허락이 없다면 그곳에서 아무것도 할 수가 없지 않은가!"

"알겠습니다."

"그리고 은서에게 좋은 혼처라도 생긴다면 혼인도 시켜주게."

"형님! 혼인이 무슨 아이들 장난입니까!"

"아우님, 나라고 어린 딸을 떠나보내고 마음이 편하겠는가? 자네도 알겠지만 한 치 앞을 예상할 수 없는 정국이네. 그러니 자네가 어린 조카를 조금만 보살펴 주게, 이렇게 부탁하네."

형의 말에 계수는 긴 한숨을 내뱉었다.

거절을 하자니 형제간의 정리에 차마 그럴 수가 없었다. 더구나 왕이 죽으면 형이 왕위 계승자이니 반란을 일으킨 귀족들이 형을 죽일 수도 있어 불안했다.

'저놈들이라면 형님을 반드시 죽일 것이다.'

그런 생각이 들자 계수는 형의 말에 따르기로 했다.

"형님 말씀이 옳습니다. 저는 정이 너무 많은 것이 탈입니다."

"고맙네! 하루라도 빨리 떠날 수 있게 준비를 하겠네."

그렇게 결정이 되자 고발기는 조금이나마 안심이 되었다.

다음 날, 고발기는 딸이 지내는 후원으로 향했다.

우중충한 자신의 마음은 몰라주고, 화창한 봄날이었다.

후원에 있는 정자에서 자신이 구해준 의원에게 의술을 배우는 딸을 물끄러미 바라보는 고발기였다.

'미안하구나, 아비가 힘이 없어 너를 이렇게 만들고 마는구나…….'

형(고국천왕)이 죽고, 자신이 왕위를 계승한다면 지금의 딸은 공주의 신분으로 격상이 될 것이었다. 그러나 이제는 영원히 돌아오지 못할 수도 있는 길을 떠나야만 했다.

그때였다.

"아버님!"

어린 딸이 고발기를 보았는지 환하게 웃어 보이며 소리쳤다.

그러자 그는 천천히 정자로 향했다.

딸에게 의술을 가리키는 의원이 어눌하지만 알아들을 수 있을 정도의 고구려 말로 인사를 해왔다.

"왕제께서 여기는 웬일이신지요?"

"긴히 할 말이 있는데, 괜찮으시오?"

"앉으시지요."

그러자 고발기는 정자 안에 자리를 잡고 앉았다. 그러면서 자신의 딸 고은서를 잠시 바라보았다.

"원화(화타의 자) 선생, 내 선생께 어려운 부탁이 있습니다."

"말씀하시지요."

고발기의 딸 고은서는 이제 열넷이지만 총명해서, 화타에게 배운 한나라 말을 능숙하게 하였다. 그러다 보니 화타와 부친 사이에서 통역을 해주었다.

"혹시, 얼마 전에 반란이 있었다는 것을 아십니까?"

"풍문으로 들었습니다."

그러자 그때부터 고발기는 돌아가는 정국을 화타에게 설명해 주었다.

화타는 본래 양평성을 떠나 동쪽으로 가서 약초를 구할 생각이었다. 그가 원하는 약초는 산삼이었다.

당연히 중국 대륙에도 산삼은 존재했다. 하지만 약효가 한반도에서 자생하는 산삼과는 비교할 수 없을 정도로 심하게 차이가 났다.

그렇게 산삼을 구하기 위해 돌아다니다 그만 산속에서 길을 잃고 헤매던 화타를 구해준 이가 사냥을 나온 고발기였다.

그 인연으로 화타는 그의 딸 고은서를 제자로 받아들이게 되었다.

화타는 자신을 구해준 고발기가 매우 힘든 시기라는 것을 설명을 통해 알게 되었다. 아니, 구태여 설명이 없어도 이곳에서 지내다 보니 고발기의 위치가 어떤지 알 수 있었다.

일국의 왕자, 그것도 왕위 계승자이지만 불행하게도 아무런 지지 세력이 없는 초라한 모양새였다.

"원화 선생, 스승은 부모와 같다고 하였습니다. 은서와 함께 요동으로 가주시기를 부탁드립니다."

"아버님!"

"너는 가만히 있거라. 선생, 부탁합니다."

"저 아이가 떠나겠다고 하면 그리하지요."

그러자 고발기는 자신의 딸을 바라보았다. 그러면서 왜 요동으로 가야만 하는지를 설명해 주었다.

고은서는 부친의 말을 들으니 무슨 뜻인지 알 것 같았다.

그러나 부모님과 떨어져 머나먼 곳으로 가서 살아야 한다는 것에 참지 못하고 눈물을 흘렸다.

그녀는 요동으로 보내려는 이유가 자신만이라도 살려보겠다는 아비의 애절한 마음이라는 것을 알기에, 차마 가지 못하겠다는 말을 할 수가 없었다.

"아버님의 뜻에 따르겠습니다."

"그럼 간단히 필요한 짐만 챙기거라. 원화 선생도 떠날 차비를 하시지요."

"알겠습니다."

그렇게 고발기의 딸은 숙부 계수와 함께 요동으로 떠나게 되었다.

다행스럽게도 계수는 왕위 계승 서열에서 밀리다 보니 귀족들의 감시 대상이 아니었고, 그 덕에 무난하게 요동으로 길을 떠날 수 있었다.

오랜 여정 끝에 일행 50여 명과 함께 요동에 도착했을 때는 그해 초가을 무렵이었다.

그때는 수현이 내황공주와 함께 요동에 도착하고 며칠이 지난 후였다.

* * *

190년 초가을.

수현이 머물고 있는 별채.

무슨 일 때문인지 공손란의 얼굴에 화사한 꽃이 피어 있었다.

이제부터 수현은 정식으로 관복[2)]을 입고 등청하여 태수직을 수행했다.

공손란의 입장에서 볼 때 부친은 유주목으로 승차하여 며칠 후에 임지인 계로 떠나는 것이고, 남편은 태수가 되는 것이니 이보다 즐거울 수가 없었다.

콧노래를 흥얼거리며 관복을 매만져 주는 공손란을 본 수현이 물었다.

"부인, 그리도 좋으시오?"

"당연하지요. 아버님은 목으로 승차하신 것이고, 상공은 태수가 되시는 것이니 날아갈 것만 같습니다."

'이거야, 마치 어린애 같군.'

그런 생각이 드는 수현이었지만 공손란이 즐거워하자 싫지만은 않았다.

---

2) 후한 시대에 관복을 입었다는 기록을 찾을 수가 없었다. 그러나 '백제는 고이왕 때 국가의 기틀을 마련하였고, 관등제와 관복제를 시행하였다'라는 기록이 삼국사기와 삼국유사에 남아 있다. 고이왕은 3세기 중반의 인물이다. 이때는 중국의 문물이 한반도에 유입이 되었고, 그 문물은 다시 일본에 전해졌다. 그래서 작가 나름대로의 판단을 해본 결과, 후한 시대에 관복을 입은 것으로 추측을 하였다.

툭, 툭!

마지막으로 먼지도 없는 관복을 가볍게 털어내며 말하는 그녀였다.

"다 되었습니다. 상공, 이리 입으시니 참으로 보기가 좋습니다."

"다녀오리다."

그러면서 수현이 공손란을 가볍게 안아주었다.

"어머!"

공손란은 수현의 그런 행동에 보는 이가 없는데도 얼굴이 화끈 달아올랐다. 그래도 싫지만은 않아 그의 품에 가만히 있었다.

수현이 별채 문을 열고 나오자 대기하고 있던 시종 이평이 공손히 인사를 했다.

"태수님, 등청하시는지요?"

"그래, 어서 가자."

수현이 등청하고 속관들에게서 간단히 보고를 받는 것으로 조회는 끝났다.

잠시 자신의 집무실 겸 휴게실에서 차를 마시면서 그렇게 시간을 보내고 있는데 시종 이평의 음성이 밖에서 들려왔다.

"태수님, 들어가겠습니다."

"들어오너라."

이평이 조심스럽게 안으로 들어오더니 살짝 허리를 숙여 보인다.

"부중 밖에 태수님을 찾아온 사람이 있습니다. 이름이 막호발이라고 하는데 어찌할까요?"

"아! 혹시 혼자이더냐?"

"아닙니다, 젊은 사내와 함께 왔습니다."

'태사자로구나!'

수현은 마침내 태사자가 왔다는 것에 심장이 요동치는 것만 같았다. 하지만 전혀 그런 심정을 드러내지 않고, 평소와 다름없이 말했다.

"먼저 자룡에게 일러 조당으로 가서 그들을 맞이하라고 하여라."

"예, 태수님."

이평이 집무실을 나가자 수현은 자신도 모르게 바짝 긴장이 되었다.

"어떻게 하지, 뭐라고 말을 하나… 태사자라니!"

짜릿한 전율이 온몸을 휘감고 지나가는 기분이었다.

머릿속은 별의별 생각으로 복잡했고, 태사자를 어떻게 해야 등용을 시킬 수 있나 고민이 되었다.

그러면서도 한편으로는 이미 태사자를 등용하는 것을 기정 사실로 받아들여 북해 공략 계획을 세웠던 그였다. 그만큼 막호발 족장을 믿었고, 그만큼 태사자란 존재가 너무나 크게 마음속에 자리 잡은 상태였다.

한참이나 집무실 안을 오가던 수현이 결심을 하였는지 문으로 향했다.

"만나보면 알겠지!"

수현은 마치 전의를 다지는 전사처럼 주먹을 불끈 쥐며 집무실을 나섰다.

하지만 그런 결심도 이내 조당 앞에 도착하자 눈 녹듯이 사라져 버렸다. 몇 번이나 심호흡을 한 후에야 문을 열고 조당으로 들어섰다.

수현이 문을 열고 조당 안으로 들어서자, 조운을 만나고 있는 막호발과 태사자 두 사람이 보였다.

모두 수현이 들어오는 것을 보자 자리에서 일어섰다.

수현은 그들을 지나 상석으로 가면서 태사자를 빠르게 훑었다.

자리에 앉고 나자, 막호발이 수현을 향해 공손히 인사를 했다.

"태수님이 되셨다고 들었습니다, 감축드립니다."

"고맙네. 막호발 족장은 이제 여독이 풀렸는가?"

"예, 태수님 덕분에 이제는 괜찮습니다. 이쪽은 제 사위 태사자입니다. 자는 자의를 쓰고 있습니다."

그러자 태사자가 수현을 향해 공손히 인사를 했다.

"소인 태사자라고 합니다. 이렇게 태수님을 뵙게 되어 영광입니다."

비록 태사자가 옷차림은 이민족들이 입는 털가죽이었지만, 수현은 그의 묵직한 중저음의 말투를 듣자 함부로 다가가기 어려울 정도의 과묵함을 느꼈다.

'역시, 보통내기가 아니네.'

수현은 그렇게 생각하며 입을 열었다.

"잘 와주었네. 자네가 일간(가까운 며칠 안)에 태수부의 관리가 되어보면 어떻겠느냐 제안을 하였는데 그대의 의향은 어떠한가?"

그러자 태사자만 제외하고 모두가 긴장하는 모습이었다.

수현이야 당연한 것이고, 조운은 조당에서 만난 태사자가 보통 인물이 아니란 것을 간파하여 그가 의형인 수현을 돕기를 바랐다.

모용부의 족장 막호발이야 두말하면 잔소리여서 다들 긴장된 모습으로 사위를 바라보았다.

그 때문에 조당 안은 숨 막힐 듯한 정적만이 감돌았다.

잠시 고민하던 태사자가 수현을 향해 다시 한 번 공손히 인사를 하더니 입을 열었다.

"태수님께 제 장인이 큰 은혜를 입었다 하여 이렇게 찾아온 것입니다. 저는 아직 마음을 정하지 못했습니다."

"결정할 시간이 필요한가?"

"태수님, 부중의 관리가 되는 일은 쉽게 결정해서는 안 되는 일입니다. 죄송하지만 조금만 더 시간을 주시기 바랍니다."

수현은 태사자가 말은 그렇게 하였지만 자신의 제안을 거절했다는 것으로 받아들였다.

'이거, 보기 좋게 차였네. 제대로 김칫국을 마셨어.'

당연히 태사자가 자신의 사람이 될 것이라고 확신했던 순간이 떠올라 너무나 부끄러웠고, 너무나 한심스러웠다.

떡 줄 사람은 생각도 없는데, 그의 모친을 구하기 위해 북해까지 갈 생각이었던 것이 망상에 불과하자 너무나 허탈해졌다. 그토록 고민하고, 계획을 세웠던 북해 공략이 아무짝에도 쓸모가 없게 되자 헛웃음만 나오려고 하였다.

보는 눈들이 있어 차마 내색은 못 했지만, 할 수만 있다면 태사자의 바짓가랑이라도 붙잡고 싶은 심정이었다.

하지만 그런 마음과 달리 수현의 입에서는 덤덤한 말투가 흘러나왔다.

"그대에게는 언제나 부중의 문이 열려 있을 것이니 마음의 결정이 되면 찾아오게."

"예, 이렇게 못난 저를 후하게 보아주시니 감사합니다."

태사자는 정중하게 인사를 하고 밖으로 나갔다.

그러자 막호발 족장은 어쩔 줄을 몰라 하다가 태사자를 따라 나갔다.

그들이 조당에서 나가고 잠시 시간이 지나자 조운이 안타까워하며 말했다.

"형님, 너무 아쉽습니다."

"자네가 보기에 어떤 것 같은가?"

"평범한 사람은 아닌 것 같았습니다. 저런 자가 형님을 돕는다면 참으로 큰일을 할 것 같은데, 정말로 아쉽습니다."

"사람의 마음이라는 것이 어디 내 뜻대로 되던가. 그러고 보니 자네가 나를 받아준 것이 천운인 것이야. 아니 그런가?"

"하하하, 천운까지는 아니지요. 형님께서 저를 받아주시지 않았다면 저는 아직도 졸백이었을 겁니다. 아니면 백면서생이겠지요."

"하하하, 동생은 참으로 말을 잘하이."

웃고는 있지만 수현은 아쉬움이 가득한 눈빛으로 태사자가 나간 문을 바라보았다.

이제 믿을 사람은 막호발 족장밖에 없다고 생각하는 그였다.

한편, 막호발 족장은 태수부를 나오면서 앞서가는 사위를 쫓아가 팔을 붙잡았다.

그는 굳은 표정으로 사위 태사자에게 호통을 쳤다.

"내 그리 알아듣게 말을 했건만 대체 이게 무슨 짓이냐!"

"장인어른!"

"이놈아! 내가 나 좋자고 이러는 것이냐! 다 너를 위해서 이러는 것이야!"

"저도 장인어른의 마음을 알고 있습니다."

"그러는 놈이 왜 태수의 제안을 거절한 것이더냐!"

"장인어른, 아무리 제가 궁한 처지라지만 사내의 자존심만은 지키고 싶습니다. 며칠 후에 태수를 다시 찾아가겠습니다."

"그, 그럼 그렇다고 진즉에 언질이라도 줄 것이지… 크흐음!"

그런 말을 듣자 막호발 족장은 무안한 마음에 헛기침을 하고 말을 더듬었다.

그는 자신이 너무 사위 태사자를 몰아붙였다는 것을 깨달았다. 남자에게 자존심은 무엇보다도 중요한 것이라고 생각하며 살아왔던 자신이었다. 그런데 정작 사위의 자존심은 안중에도 없었다.

미안한 마음 때문에 막호발은 부중 밖에서 기다리고 있던 딸을 바라보며 입을 열었다.

"애야."

"예, 아버님."

"저놈 오늘 맛있는 거나 해먹여라."

"예, 그럴게요."

막호발의 딸은 이번 일로 남편과 부친의 관계가 소원해지는 것만 같아서 불안하기만 했다. 그런데 오늘 보니 자신이 단단히 오해를 했다는 것을 알게 되었고, 그런 생각이 들자 입가에 미소가 지어졌다.

* * *

그날 오후.

수현은 조운, 답돈과 함께 태수부 인근에 있는 객잔에서 식사를 하고 있는 중이었다.

이제 며칠 후면 장인이자 신임 유주목 공손도는 계로 길을 떠나게 되었다. 장모와 처남 둘, 하인과 시녀들까지 따라가기로 했으니 짐이 상당히 많았다.

그리고 수현의 신혼집인 별채도 한창 이사를 준비한다고 분주했다.

수현 부부는 태수부의 관사로 이사를 가기로 결정이 되었고, 그들 부부가 사용하던 별채는 수리를 한 후에 내황공주의 거처로 사용할 예정이었다.

그로 인해 태수부 전체가 부산스러웠고, 마음 편하게 식사를 할 수 있는 곳은 객잔뿐이었다.

탁!

수현은 식사를 마치고 젓가락을 내려놓으면서 조운에게 물었다.

"자룡, 계에서 따라온 병사들은 잘 지내고 있는가?"

"예, 그들도 공손 태수님을 따라서 계로 돌아갈 것입니다."

그 말에 수현은 고개를 가볍게 끄덕이면서 옆에 있는 답돈을 바라보며 물었다.

"너는 이제 무엇을 할 것이냐?"

"적당한 자리라도 하나 주신다면 열심히 하겠습니다."

"그래? 무슨 자리가 좋을까. 자룡이 도위를 겸하기로 했으니 그것은 어렵고……."

수현의 말처럼 조운은 계의 교위직과 요동군의 도위를 겸직하기로 했다.

그가 볼 때 답돈은 힘쓰는 것이 제격이었다.

잠시 고민을 하던 수현이 좋은 생각이 떠올랐는지 입가에 옅은 미소를 만들었다.

"답돈, 너는 앞으로 경찰의 대장직을 맡거라."

"형님, 그런 관직도 있습니까? 처음 들어보는 관직입니다."

"양평성의 치안을 담당하는 자치 기구 정도로 생각하면 되네. 양평을 벗어나면 인정되지 않는 자리지. 할 생각이 있느냐?"

"녹봉만 챙겨주시면 하겠습니다."

"하하하, 그럼 내가 공으로 부려먹을 것이라고 생각했느냐. 여기 있는 자룡이 맡을 도위직과 같은 녹봉을 지급하마. 그만큼 중한 자리라는 것을 명심하여야 한다!"

"감사합니다, 열심히 하겠습니다."

답돈은 자치 기구라고는 하지만 양평의 치안을 담당하는 관청의 대장이라는 자리가 마음에 들었다.

그때였다.

수현의 시종 이평이 객잔 2층으로 올라왔다.

모두들 이평을 바라보았고, 수현은 무슨 일인가 싶어 물었다.

"무슨 일이냐?"

"태수님, 원화 선생님께서 돌아오셨습니다."

"지금 어디에 계시냐?"

수현은 이미 조회 때 양평성의 수문대장에게서 화타가 입성을 했다는 보고를 받았다. 더구나 50명이 넘는 인원들과 함께 성으로 들어왔다는 것도 보고를 받았다.

수현은 다른 사람이 무리를 이끌고 성안으로 들어왔다면 벌써 어떻게 된 내막이지를 파악하려고 했을 것이었다. 그러나 장인과 친분이 두터운 화타였고, 자신을 찾아올 것이라고 생각하며 기다렸다.

그리고 예측한 대로 화타가 찾아왔다.

"부중의 객청으로 모셨습니다. 그런데 혼자가 아니십니다."

"혼자가 아니라니?"

"원화 선생님께서 웬 사내와 어린 여아를 대동하였습니다."

"알았다, 곧 갈 것이니 조당으로 정중히 모시도록 하여라."

"예."

이평이 내려가자 수현은 조운을 보며 입을 열었다.

"자룡, 그대는 이제 요동군의 도위이네. 당연히 공주 전하께서 계시는 후원의 별채를 신경 써야 할 것이네. 그러니 이참에 공주 전하를 찾아가 보게."

"그리하겠습니다."

"답돈, 너는 이평을 찾아가서 부중에 있는 전각을 하나 내어달라고 하여라. 그리고 네가 데리고 있는 병사들에게 순번을 정해주어 순찰을 도는 것부터 시작하고."

"예, 그렇게 하겠습니다."

두 사람에게 지시를 내리고는 수현은 서둘러 조당으로 향했다.

십여 명의 호위병들이 수현의 뒤를 따랐고, 그가 조당으로 들어서자 화타가 눈에 들어왔다. 그리고 화타와 함께 있는 30대 초반 정도의 사내와 이제 10대 중반 정도의 여아가 보였다.

수현은 먼저 화타에게 다가가서 공손히 인사를 했다.

"원화 선생님, 신임 태수 진수현이라고 합니다."

"지난날 한 번 뵈었지요? 이렇게 태수가 되시다니 진심으로 감축드립니다."

"감사합니다. 우선 자리에 앉으시지요."

그러면서 수현은 관리들이 앉는 서탁 앞에 앉았고, 세 사람은 그와 마주 보며 앉았다.

"태수님, 소개하겠습니다. 여기 제 옆에 있는 사람들은 고구려에서 왔습니다."

"고구려요! 멀리서 왔군요."

'고구려라니! 무슨 일로 이곳까지 온 것이지.'

수현은 화타가 돌아왔지만, 그가 이끌고 왔다는 무리들이 고구려인이라는 것은 보고를 받지 못했었다. 아마도 자신이 화타를 믿었던 것처럼 수문장도 그를 믿어 자세히 파악하지 않았던 것 같았다.

그러면서도 수현은 수문장에게 제대로 파악조차 하지 못했다 말할 수가 없었다. 이유야 어찌 되었던 분명히 자신의 실수도 포함이 되었기 때문이었다.

'다음부터는 성에 출입하는 자들을 더욱 신경 써야겠구나.'

그렇게 자신에게 다짐을 하는 그였다.

수현은 화타가 데려온 사람이 고구려에서 왔다는 말에 내심 놀라기는 했지만 내색하지 않았다.

화타는 이미 이곳에 오기 전에 계수와 얘기를 끝낸 상태였다.

신임 태수에게 괜히 신분을 숨겼다가 나중에라도 발각된다면 큰일이기에 사실대로 말하기로 합의를 보았다. 그러기에 화타는 수현에게 고구려에서 반란이 일어났다는 것을 숨김없이 알려주었다.

그제야 수현은 상황이 납득이 되어 고개를 가볍게 끄덕거렸다.

"그런 일이 있었군요. 그럼 저들은?"

"여기 계수 왕자는 저 아이의 숙부가 됩니다. 그리고 저 아이는 왕의 첫째 동생의 딸입니다."

"화타 선생님, 이상하지 않습니까. 반란 사건의 당사자도 아닌 왕의 동생이 왜 어린 딸을 이곳으로 보낸 것입니까?"

"불안해서입니다. 저 아이의 부친은 왕위 계승자인데 아무런 기반이 없습니다. 그러니 딸이라도 피신시켜 보려는 아비의 마음일 것입니다."

"알겠습니다."

잠시 생각을 하던 수현이 고구려에서 넘어온 여자아이를 보며 물었다.

"네 이름이 고은서라고 하였느냐?"

"예, 태수님."

"원화 선생님의 제자라고 하더니 한나라 말을 능숙하게 하는구나. 너는 망명과 귀순의 뜻을 아느냐?"

"태수님, 제가 설명을 해도 되겠습니까?"

"그렇게 하세요."

수현은 화타가 자신의 뜻을 대신 전달하겠다고 말하자 차라리 잘되었다 싶었다.

그러지 않아도 어린 은서에게 어른들의 냉혹한 현실 세계를 어떻게 설명하나 고민이 되었다. 그런 상황에서 화타가 나서주니 일순간에 마음이 놓였다.

화타는 자신의 제자 은서에게 망명은 정치적 박해를 피해 외국으로 몸을 옮기는 것이라고 설명을 해주었다.

"그럼 귀순은 무슨 뜻인가요?"

"상대에게 항복하고 순종한다는 뜻이다. 태수님은 지금 이 아이에게 망명자로 살 것인지, 아니면 귀순자로 살 것인지를 물으시는 겁니까?"

"원화 선생님이 생각하시는 것이 맞습니다. 고은서 너는 잘 들거라."

"예, 태수님."

"네가 망명을 선택한다면 받아주겠다. 그리고 때가 되면 고국으로 돌아가도 된다. 하지만 망명자는 대외 활동을 금하겠다. 반면에 귀순을 하겠다면 너는 이곳에서 자유롭게 지내도 된다. 단! 다시는 고구려인으로 돌아갈 수 없을 것이다. 어떤 결정을 할 것이냐?"

그러자 은서는 자신의 숙부 계수 왕자를 바라보았다.

"숙부님, 저는 어떻게 해야 하나요?"

조카 은서의 물음에 계수는 침통한 표정으로 변해갔다.

"하아… 모든 것은 네가 결정해야 한다."

그렇게 말하는 계수였지만 그는 당연히 조카가 망명자로 지내기를 바랐다.

하지만 언제 고국으로 돌아갈 수 있을지 모르는 상황에서 아무것도 하지 못하고 살아가야 한다면, 그것처럼 힘든 일이 없기에 차마 권할 수가 없었다.

계수는 자신이라면 집 안에 감금된 상태로 얼마나 버틸 수 있을지 가늠을 해보다가 고개를 흔들고 말았다.

'그렇게 사느니 차라리 죽는 것이 낫지.'

계수는 자신이 망명자가 되어 집 안에서만 지내다가는 화병으로 죽을 것만 같았다. 그러면서 고민을 하는 어린 조카 고은서를 바라보았다.

그녀는 망명과 귀순 중 어느 것을 선택할지 한참이나 고민했고, 자리에 있는 사람들 중에 어느 누구도 그런 그녀를 재촉하지 않았다.

그녀를 바라보는 수현은 마음이 편하지 못했다.

고은서가 누구이던가?

자신과 같은 한민족이면서, 고구려 왕자의 딸이라는 고귀한 신분을 가지고 있었다.

수현은 요동태수인 자신이 굳이 이러지 않아도 얼마든지 그녀를 보호해 줄 수 있다고 여겼다. 하지만 자신이 고은서를 돕는다면 훗날 고발기에게 이용당할 수 있다는 생각을 했고, 약해지려는 마음을 다잡았다.

"태수님, 저는 귀순을 하겠습니다."

갑자기 들려온 고은서의 말에 그는 급히 상념에서 벗어났다.

그런 결정에 은서의 숙부 계수는 눈을 질끈 감아버렸다. 조카의 사정은 충분히 이해가 되었지만, 막상 그런 말을 들으니 가슴이 찢어지는 듯 아파왔다.

"후회하지 않겠느냐? 귀순자는 다시는 고구려인이 될 수 없다."

"아버님께서 저를 이곳으로 보내실 때는 그만한 이유가 있을 겁니다. 저는 이곳에서 지내면서 스승님께 의술을 배우고 싶습니다."

"태수님, 이 아이는 이곳에서 의업을 일굴 생각을 하고 있습니다. 그러니 태수님께도 많은 도움이 될 것입니다. 받아주시지요."

화타의 말에 수현은 수긍이 되었다.

후한의 변방인 요동이었고, 그러다 보니 여러 가지로 부족한 것이 많았다. 특히 교육과 의료 분야는 대륙에 비해서 상당히 낙후되어 있었다. 그런 상황에서 은서가 의업을 시작한다면, 요동을 통치해야 하는 자신에게도 많은 도움이 될 것이라고 생각했다.

"네 결정이 그렇다면 받아들이마. 이제부터 너의 신분은 귀순자이다. 명심해야 할 것이다!"

"예, 태수님."

수현이 이처럼 무리하게 밀어붙이는 것에는 그만한 이유가 있었다.

고구려 역대 왕들도 당연히 권력 투쟁이 있었다. 하지만 아무리 사정이 어려워도 고구려 왕족은 외세의 힘을 빌리려고 하지는 않았다.

그런데 고은서의 부친 고발기는 훗날 동생과의 왕위 쟁탈에서 밀리자, 공손도 요동태수에게서 병사를 지원받아 고구려를 공격했다.

수현은 그런 역사적 사실을 알고 있었다. 그러기에 혹시라도 고발기가 도움을 요청해 올 때 거절하기 위해 이런 강수를 둔 것이었다.

"원화 선생님."

"예, 태수님."

"저 아이가 선생님의 제자라고 하니, 앞으로 선생님께서 많이 보살펴 주어야겠습니다."

"물론입니다, 심려하시지 않으셔도 됩니다."

"그럼 선생님만 믿고 있겠습니다."

"감사합니다."

그러더니 화타는 고계수와 제자 은서를 바라보며 입을 열었다.

"두 사람은 먼저 객잔으로 가 있거라, 나는 잠시 태수님과 얘기를 나누고 뒤따라가마."

"알겠습니다."

두 사람이 인사를 하고 나가는 것을 잠시 지켜보던 화타가 옆에 두었던 작은 목함을 서탁에 올려두었다.

목함의 폭은 겨우 한 뼘 정도였고, 길이는 성인의 팔보다 조금 짧았다.

"태수님, 이걸 한번 보시겠습니까?"

화타의 말에 수현은 자리에서 일어나 그에게로 다가갔다. 목함을 열자 수현은 놀라 입을 벌렸다. 목함 바닥에는 이끼가 깔려 있었고, 그것은 줄기를 제거한 상태로 자태를 뽐내고 있었다.

"이거! 산삼이군요!"

"태수님, 이것은 산삼이 아닙니다. 정확히 말하면 인삼입니다."

"그래요?"

수현은 자리로 돌아가서 앉으며 이상하다는 생각을 했다.

'인삼이 지금 이 시기에도 있었나?'

인삼은 산삼의 종자를 받아서 인위적으로 재배한 것을 일컬었다.

수현은 아무리 생각을 해보아도 인삼 하면 '고려 인삼'밖에 생각이 나지가 않았다.

"이것은 산삼의 종자를 재배한 것입니다. 인삼은 천하제일의 명약이라고 할 수가 있지요."

"이런 것을 어떻게 구하셨는지요?"

"제가 성을 떠난 이유가 고구려에서 산삼을 구하기 위해서였습니다. 산삼을 구하려 하다가 그만 길을 잃었는데, 우연히 산속에서 한 사내를 만났습니다. 그런데 그가 이런 인삼을 선물로 주었습니다. 그런 후에 은서의 부친을 만났지요."

"그런데 왜 제게 이런 것을 보여주시는지요?"

"태수님, 인삼은 그 효능이 무궁무진하여……."

화타는 자신의 지인 중에 의술이 뛰어난 이가 있는데, 그가 저술하고 있는 책에 인삼이 들어 있었다고 설명을 해주었다.

화타의 말처럼 장중경(張仲景)이 훗날에 편찬할 '상한론(傷寒論)'에 인삼의 처방에 관한 기록이 남아 있었다.

"인삼은 약효가 매우 뛰어납니다. 하나, 안타깝게도 재배하기가 상당히 어렵습니다. 태수님께서 고구려 사람들에게 인삼을 교역품으로 넣도록 지시를 해주신다면, 당장은 어렵겠지만 차차 교역량이 늘어나지 않겠습니까?"

"그 말씀은 고구려와 교역을 통해 인삼을 재배할 수 있게 하자는 것입니까?"

"그렇습니다."

'이거 고구려나 백제에게 나쁜 조건이 아니네. 어차피 인삼이 알려져 있다고 하니 시도를 해봐야겠네.'

수현은 고구려나 백제에 도움이 될 수 있다는 생각이 들자 입가에 엷은 미소를 만들었다.

"알겠습니다, 한번 시도를 해보겠습니다."

"감사합니다, 태수님."

"아닙니다, 교역량이 증가한다는 것은 그만큼 세금을 더 걷을 수 있다는 뜻입니다. 그러니 재정에 상당한 도움이 될 것입니다. 그보다 앞으로 양평에 머무실 겁니까?"

"제자가 앞가림을 할 수 있을 정도가 된다면 저는 또다시 행의에 나설 것입니다."

"참으로 선생님은 존경스럽습니다."

"혹시라도 제 도움이 필요하시다면 적극 돕겠습니다."

"감사합니다."

그렇게 두 사람의 면담은 끝났고, 수현은 화타를 문 앞까지 나가서 배웅했다.

훗날의 얘기지만 고은서는 요동에서 의업을 시작한다.

화타의 뛰어난 가르침을 받은 그녀 덕분에 요동은 한나라의 변방임에도 불구하고, 의업이 발전하기에 이르렀다.

또한 인삼이 재배되고, 교역량이 증가하자 양평성 인근에는 대형 약재 시장이 활성화되었다. 그 덕분에 많은 인구가 유입되어 요동은 북방에서 가장 번성한 지역으로 발전하게 된다.

수현은 화타를 배웅하고 조당으로 돌아가면서 중얼거렸다.

"마비산이 있냐고 물어볼 수도 없으니 답답하네……."

마취제의 일종인 마비산을 화타가 먼저 말하지 않으면 수현은 그것을 알지 못해야 정상이었다. 그러니 마비산에 대한 것을 물어볼 수가 없었다.

그런 사정 때문에 수현은 벙어리 냉가슴 앓듯이 아쉬워할 수밖에 없었다.

*　　*　　*

이틀 후, 수현은 평소와 다름없이 태수의 업무를 보고 있었다.

그러던 중 그를 찾아온 시종 이평이 집무실 밖에서 조심스럽게 말했다.

"태수님, 이평이옵니다."

"들어오너라."

문이 열리고 이평이 안으로 들어오더니 수현에게 허리를 숙여 보였다.

"무슨 일이냐?"

"지난번에 찾아왔던 막호발이라는 자와 그의 사위가 태수님을 만나뵙기를 청한다고 합니다."

"정중히 모시거라."

"예."

수현은 떨리는 마음으로 태사자를 기다렸다.

이미 태사자에게서 한 번 거절을 당한 상황이었다. 그날 밤 태사자를 두고 얼마나 아쉬워했는지가 떠올랐다.

"이번에는 반드시 잡자!"

수현은 이번에는 태사자를 어떻게든 잡겠다고 다짐했다.

그러면서도 스스로 태수부를 찾아왔으니 자신의 제안을 받아들여 관리가 되려는 뜻일 수 있다고 기대를 했다.

마음이 혼란스러운 상태에서 기다리고 있는데, 문이 열리더니 모용부의 막호발 족장과 그의 사위 태사자가 안으로 들어왔다.

두 사람은 요동태수 수현에게 공손히 허리를 숙여 보였다.

"태수님, 다시 뵙습니다."

"어서 오시오, 족장. 그리고 자의라고 하였던가?"

수현의 시선을 받은 태사자는 정중하지만, 비굴하지 않은 태도로 입을 열었다.

"지난번에는 소인이 무례를 범했습니다. 창졸지간에 그런 제안을 받다 보니 당황하였고, 미처 결정할 여력이 없었습니다. 용서해 주십시오."

"괜찮네, 누구나 갑자기 그런 제안을 받게 된다면 당연히 혼란스럽지."

"너그러이 봐주시니 감사합니다."

"그런 얘기는 그만하고, 이렇게 찾아온 것은 이제 마음의 결정을 한 것으로 보아도 되겠는가?"

"예, 비록 소인의 재주가 미천하지만 태수님께서 필요하시다면 힘써 돕도록 하겠습니다."

"하하하, 고맙네! 막호발 족장, 자네가 큰일을 해주었네!"

"제가 한 일이 무어 있겠습니까. 오히려 부족한 제 사위를 거두어주시니 감읍할 따름입니다."

"그대의 사위가 이렇게 결심을 해준 것은 모두 막호발 족장 덕분이 아니겠는가. 진심으로 고맙게 여기네."

수현의 말에 막호발의 얼굴에 화사한 웃음꽃이 피어났다.

막호발은 마치 큰일을 치러낸 것처럼 뿌듯하기도 하면서 홀가분한 심정이었다. 이제 사위가 그 자사 놈의 마수에서 벗어날 수 있게 되었으니 자신의 일처럼 기쁜 그였다.

이런저런 얘기를 나누다가 수현이 태사자를 보며 물었다.

"내 욕심 같아서는 자네가 내일부터라도 등청을 했으면 하는데, 어떤가?"

"태수님, 아직 기거할 거처도 마련하지 못했는지라 잠시간 시간을 주시지요."

"아닙니다, 거처야 당분간 객잔에서 지내면 될 것입니다. 그리고 필요한 물품은 제가 부락에서 가져오도록 하겠습니다."

"그러는 것이 좋을 것 같군. 자네의 빙장께서 행여나 그대가 마음을 바꿀까 봐 그러시는 것 같은데 어떤가?"

"알겠습니다, 그리하도록 하겠습니다."

"그럼 자네의 관직은 내일 조회에서 정식으로 거론하는 것으로 하지. 마침 부중의 독우직이 공석인데 한번 맡아보겠는가?"

수현의 말에 태사자가 놀라 눈을 크게 떴다.

독우(督郵)!

후한 시대 지방행정기구의 관직으로 군(郡)에 속한 현(縣)을 감독하는 자리였다.

그러니까 수현은 지금 태사자에게 요동군에 속한 11개 현의 감독관 자리를 제안한 것이었다.

태사자는 자신에게 요동군의 11개 현을 관리하라고 하자 정신을 차리지 못하는 듯했다.

막호발은 독우라는 관직이 무슨 일을 하는지는 모르지만, 사위의 표정을 보고 결코 가벼운 자리가 아니란 생각이 들었다.

"왜 독우가 성에 차지 않는가?"

"태수님, 저는 아직 아무런 공도 없습니다. 그런 저에게 너무나 과분한 자리입니다."

"나는 그리 생각하지 않네. 자신이 부족하다는 것을 알고 있다는 것은 스스로 분발할 준비가 되어 있다는 뜻이야. 자네의 그런 마음가짐이라면 자격은 충분하지. 그러니 그렇게 알고 있게."

그러자 태사자가 자리에서 일어나더니 수현을 향해 깊이 허리를 숙여 보였다.

"이렇게 부족한 저를 믿어주시니, 이 한 몸 바쳐 태수님을 성심으로 보필하겠나이다."

"고맙네. 밖에 평이 있느냐!"

수현의 외침에 그의 시종 이평이 문을 열고 들어왔다.

"너는 여기 있는 두 사람을 따라가서 머물고 있는 객잔을 알아오너라. 그리고 부족한 것이 있다면 구해주고 오너라."

"예, 태수님."

"그럼 내일 조회 때 보도록 하지."

그렇게 두 사람이 밖으로 나가고 잠시 시간이 지나자 수현이 갑자기 버럭 소리를 질렀다.

"예쓰!"

주먹을 불끈 쥐며 또다시 소리치는 그였다.

"아자!"

수현은 허공에 어퍼컷을 날리면서 기뻐했다.

어쩌면 당연한 반응일지도 몰랐다.

후한 시대에서 살아가기로 결정을 하고, 이렇게 요동의 태수까지 되고 나자 언제나 뼈저리게 갈망하는 것이 있었다. 그것은 바로 인재였다.

그러지 않아도 후한 시대에는 글을 아는 자들이 극소수인데, 북쪽의 변방에 위치한 요동이라 더욱 심했다. 그러니 인재를 구한다는 것이 얼마나 어려운 일인지를 절감하였던 그였다.

오죽하면 단지 글을 읽고, 쓸 줄 안다는 이유만으로 공손도 태수가 관리로 등용한 자들이 많았다. 그런 와중에 태사자를 거두었으니 수현은 마치 미친 사람처럼 기뻐하였다.

제6장
아귀다툼

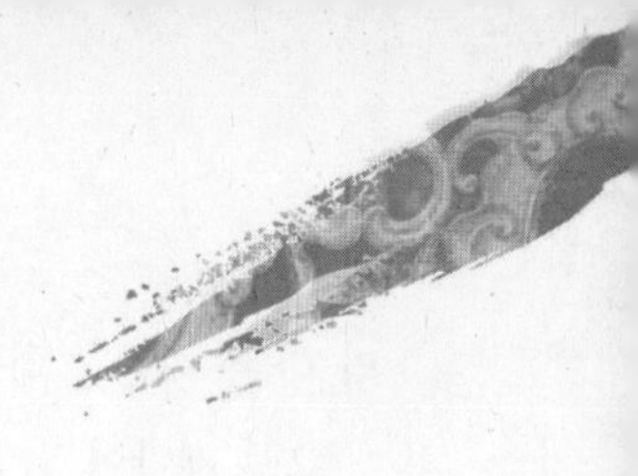

수현이 태사자를 얻은 일로 기뻐하였던 그 무렵, 유주의 주도 계(薊).

이때 후한의 정세는 탈출구가 보이지 않을 정도로 혼란스러웠다.

반동탁 연합은 조조와 손견이 빠져나가자 목적을 상실하여 제후들 간에 험담을 하거나, 서로를 견제하기에 급급했다.

이에 맹주 원소는 또다시 유주목 유우에게 황제가 되어줄 것을 청했지만 거절을 당했다.

그러자 이번에는 유우에게 황제가 되어달라는 제안이 아니라 다른 제안을 하기에 이르렀다.

그런 제안이 담긴 원소의 서신을 가지고 계의 관리 전주가 어디론가 다급하게 향하고 있었다.

한편, 유우는 부중의 관리 간의대부 위유를 병문안 중이었다.

황숙 유우는 병환으로 여러 날 등청을 못 한 그를 위로했다.

그는 병색이 완연한 간의대부 위유를 안타까운 시선으로 바라보다 애처롭게 말했다.

"이보시게, 이렇게 누워만 있으면 어찌하는가. 하루라도 빨리 털고 일어나야지."

"황숙께서 이렇게 친히 소인을 찾아와 주시니 감사할 따름입니다. 곧 괜찮아질 것입니다."

말은 그렇게 하는 간의대부 위유였지만, 피골이 상접한 그의 모습은 누가 보아도 살아 있는 송장이나 다름이 없었다. 그러니 그가 내일 북망산으로 떠난다고 하여도 이상하게 여기는 이가 없을 정도였다.

유우는 자신 때문에 위유가 무리하게 일한 것이라고 생각했다.

손녀사위만 아니었다면 위유가 무리하게 일할 필요가 없었다. 그런데 수현이 나타난 후로 훗날을 기약하기 위해 여러 가지 일들을 한꺼번에 진행하였고, 끝내 병약했던 위유는 쓰러지고 말았다.

그러니 황숙 유우의 마음은 애통하기만 하였다.

그때였다.

"황숙!"

문밖에서 들려온 음성에 유우가 뒤를 돌아보며 함께 온 시종에게 말했다.

"누군지 알아보고 오너라. 급한 일이 아니면 내일 보잔다고 하고."

"예, 황숙."

시종이 잠시 후 돌아와서 자태(전주의 자)가 왔다고 알렸다.

유우의 승낙이 떨어지자 안으로 들어와 공손히 인사를 하는 전주였다.

"무슨 일이기에 여기까지 찾아온 것인가?"

"황숙, 원 맹주가 또다시 서신을 보내왔습니다."

"설마 또 내게 황제의 위에 오르라고 하는 것인가?"

"이번에는 다른 내용입니다."

전주의 말은 유우보다도 먼저 서신을 읽었다는 뜻이었다.

어떻게 보면 상당히 무례한 일이었지만 전주는 유우가 믿는 심복이었고, 부중의 대소사를 관장하는 이였다. 그 때문에 유우는 아무렇지 않은 듯이 전주가 내미는 비단 두루마리를 받아서 읽어갔다.

원소의 서신을 읽어가던 유우는 마침내 수현이 예측한 대로 일이 진행되어 간다고 생각했다.

'참으로 신기하구나. 수현이 그 아이는 어떻게 이런 일을 예상했을까.'

그러니까 얼마 전, 유우는 양평에 있는 수현에게서 한 통의 서신을 받게 되었다.

유우는 단단히 봉인이 되고, 친전(親展)이라는 글까지 적은 것에 홀로 있는 자리에서 서신을 개봉하였다.

서신을 읽어가면 갈수록 그는 다시금 수현의 능력에 감탄했다.

그리고 오늘 수현이 예측한 대로 또다시 원소가 서신을 보내왔다. 하지만 황위에 오르라는 지난날의 내용과 달리 이번에는 다른 내용이었다.

원소는 유우가 두 번이나 황제의 위에 오르는 것을 거절하자, 이번에는 영상서사(領尙書事)가 되어 천자를 대신해 벼슬을 내리도록 권유하였다.

유우는 수현의 예측대로 일이 발생하자 감탄하며 병석에 있는 간의대부 위유에게 물었다.

"이보게, 원소가 내게 영상서사가 되어 천자를 대신해 벼슬을 제수하라고 하네. 자네의 생각은 어떤가?"

그러자 병석에 있는 간의대부 위유가 힘겹게 답을 했다.

"황숙께서는 이미 두 번이나 황제의 위에 오르라는 청을 거절하였습니다. 그런 상황에서 황위보다 못한 영상서사에 오른다 하여 누가 책을 하겠습니니까. 더구나 원 맹주의 청을 받는 것이니 모양새도 나쁘지 않습니다, 받아들이시지요."

그러자 유우는 이번에는 뒤에 있는 전주를 바라보며 물었다.

"자태, 자네의 뜻은 어떠한가?"

"저 역시 원 맹주의 뜻을 받는 것이 옳은 것 같습니다. 그리해야만 동탁의 전횡을 막을 수가 있습니다."

"내일 조회 때까지 숙고를 해볼 것이니 그렇게 알고 있게."

그러면서 유우는 자리에서 일어나 밖으로 나갔다.

다음 날.

조당에서 유우는 원소의 제안을 받아들이기로 하고, 황제를 대신하여 벼슬을 제수할 수 있는 영상서사가 되었다. 물론 차후에 황제에게 인가를 받아야만 했다.

하지만 지금의 황제가 동탁에 의해서 옹립된 상태였다. 유우의 그런 결정은 반동탁 연합에 가세한 제후들에게는 확실한 명분을 제공해 주게 되었다. 영상서사의 권한으로 유우는 반동탁 연합에 참가하였던 제후들의 관직을 대부분 인정하였다.

그런데 몇몇은 유우에게서 아무런 인정을 받지 못했다. 그들 대부분이 동탁의 책사 이유에 의해 등용된 인물들이었다.

기주자사 한복.

연주자사 유대.

예주자사 공주.

남양태수 장자.

그들은 유우에게서 관직을 인정받지도 못했지만, 그런다고 그들의 관직을 거두어들이지도 않았다.

이 모든 것은 수현의 서신에 따른 유우의 결정이었다.

그렇게 여러 제후들의 관직을 그대로 인정하였지만, 단 두 사람은 변동이 있었다.

황숙 유우는 사위 공손도를 요동태수에서 유주의 목으로 임명하여 자신을 대신하도록 하였고, 손녀사위 진수현을 요동태수 겸 새롭게 신설한 흠차관(欽差官)에 임명하였다.

원래 후한의 관직 중 부자사라는 것이 있어 지방행정관을 감독, 감찰하게 하였다.

부자사는 당연히 자사보다도 낮은 관직이었고, 감찰 대상도 각 지역의 태수 이하 관원들이 해당되었다.

그러나 수현은 자신이 공략할 곳이 군보다도 상위 행정기관인 북해국이라는 것을 염두에 두고 그런 부탁을 한 것이었다.

흠차관(欽差官)!

황제가 관심을 가지는 지역에 파견되는 임시 관원을 일컬었다. 하지만 황제를 대신하기에 그 권한은 막강했다.

이로써 수현은 북해에 진출할 수 있는 확실한 명분을 가지게 되었다.

그렇게 수현을 요동태수 겸 흠차관에 임명한다는 소식은 전령을 통해 빠르게 양평으로 전해지게 되었다.

*　　　*　　　*

한편, 반동탁 연합군의 맹주 원소.

그는 유우가 영상서사에 올라, 자신을 기존의 관직인 발해태수로 유임하자 더 이상 연합군을 이끌고 싶지 않았다.

원소는 하루라도 빨리 자신의 임지로 돌아가고 싶었다.

그럴 수밖에 없는 것이 연합군 병사들을 먹일 군량이 턱없이 부족해졌기 때문이었다.

군량이 부족해지자 연주자사 유대가 동군태수 교모에게 군량미를 빌려달라고 했으나, 교모는 이를 거절하였다. 이에 격분한 유대가 군대를 이끌고 교모를 공격하였고, 끝내 교모를 죽여 버리는 사건이 발생했다.

유대가 황실의 종친이라 비난은 면했지만, 그 사건으로 연합군의 제후들은 더 이상 서로를 믿지 못하게 되었다.

신변의 위협을 느낀 제후들은 누가 먼저라고도 할 것 없이 하나둘씩 자신의 임지로 돌아가 버렸다.

원소 또한 자신의 군대에 군량이 부족하여 골치를 앓아야만 했다.

그런 문제로 고민을 하고 있을 때였다.

원소가 가장 믿는 참모인 봉기가 막사 안으로 들어왔다.

"주공, 왜 그리 표정이 어둡습니까?"

"원도(봉기의 자), 군량이 부족하다고 하니 내 마음이 편하지 못하네."

그러자 봉기가 원소의 곁으로 다가가더니 은밀하게 말하기 시작했다.

"주공, 기주가 있지 않습니까. 기주는 물자가 풍부한 곳이니 능히 대군을 일으켜 세울 수 있는 곳입니다."

"어허, 기주는 내 상관인 문절(한복의 자)이 다스리는 곳이 아닌가. 자네는 지금 나에게 상관을 배신하라는 것인가."

"푸하하하……!"

갑자기 크게 소리 내어 웃는 봉기였다. 원소는 그런 그를 못마땅하게 바라보았다.

그렇게 크게 웃던 봉기가 이내 정색하며 말했다.

"한복이 왜 주공의 상관이 되는 겁니까? 한복은 동탁이 세운 허수아비에 불과합니다. 유주의 황숙께서도 동탁이 등용한 자들의 관직은 인정하지 않았습니다. 그러니 한복을 칠 수 있는 명분이야 우리에게 있지요."

"오! 그렇군!"

원소는 봉기의 말을 듣는 순간 머리에 번개를 맞은 것처럼 무언가 번쩍했다.

유우는 영상서사에 오른 후 기존의 관직들을 인정한다고 하였다. 그런데 동탁이 등용한 관리들에게는 아무런 언질을 주지 않았다.

그러니 동탁이 등용한 관리들은 황숙 유우의 지시에 따르지 않겠다고 하면 영락없이 동탁의 하수인으로 전락하는 절체절명의 위기였다.

원소는 고개를 끄덕이며 기주를 차지할 욕심을 드러냈다.

어차피 나머지 3명은 자신이 노리기에게는 신분도 그렇고, 지리적으로도 너무 멀었다. 하지만 기주자사 한복은 자신이 상관으로 섬겼던 자였고, 임지와 가까워 욕심이 날 수밖에 없었다.

그러다 한 가지 문제점이 떠올랐다.

"원도, 아무리 동탁이 세웠다지만 크게 잘못한 것도 없는데 무턱대고 자리에서 물러나라고 하면 되겠나? 내 체면이 있지."

"백규(공손찬의 자)를 이용하시는 겁니다."

"어떻게?"

"백규에게 기주자사 한복은 역적 동탁이 세운 잔당이니 그를 치라고 하는 겁니다. 그러면서 기주를 양분하자고 하시는 겁니다."

"뭐! 기주를 양분한다고!"

"하하하, 말이 그렇다는 것입니다. 주공께서는 공손찬이 군을 움직이고, 한복이 구원을 요청해 오면 못 이기는 척하면서 기주를 접수하시면 되는 것입니다."

"크하하하! 역시 자네는 내 마음을 너무 잘 알아! 당장 백규에게 사람을 보내 한복을 치라고 하세!"

"알겠습니다."

그렇게 은밀히 계획을 세운 두 사람이었고, 원소의 서신은 전령을 통해 곧바로 공손찬에게로 전해지게 되었다.

원소의 꿍꿍이도 모르고, 공손찬은 기주를 차지할 욕심에 한복을 치기로 결정을 내렸다.

공손찬은 군대를 이끌고 기주의 주도 고읍(후일 업으로 개명)으로 진군을 하였다.

그런 소식은 이내 기주자사 한복에게 전해지게 되었다.

한복은 공손찬이 군을 이끌고 온다는 소식에 어찌해야 할 바를 몰랐다.

싸우자니 도저히 공손찬을 이길 수 없다고 생각했다. 그런다고 이대로 지켜만 본다면 자신은 죽을 수밖에 없었다.

그렇게 고민을 하던 한복에게 원소의 책사 봉기가 찾아왔다.

봉기는 공손찬을 상대하려면 원소가 필요하다고 조언을 해 주였고, 한복은 아무런 의심 없이 그 제안을 덥석 받아들이고 말았다.

그런 소식이 전해지자 한복을 따르는 속관들이 일제히 반대를 하였지만, 한복은 끝내 원소를 불러들이게 되었다.

이런 소식은 한복의 휘하에서 겨우 하급 군관으로 지내고 있는 장합에게도 전해졌다.

장합!

그는 한복을 섬겼으나 겨우 하급 군관에 불과했다.

그는 한복이 몰락하자 원소의 휘하로 들어갔고, 교위가 되었다. 그리고 원소가 조조에 의해 몰락하게 되자, 조조에게 귀순하여 편장군에 임명이 되었다.

어찌 보면 조운과 비슷한 처지인 장합이었다.

하지만 훗날 제갈량이 눈물을 흘리며 마속을 죽이게 만드는 장본인이 장합이었다. 그만큼 장합은 제갈량도 함부로 경시하지 못할 정도로 뛰어난 무장이었다.

그러나 안타깝게도 지금은 조운처럼 그저 별 볼 일 없는 하급 군관에 지나지 않았다.

한복이 원소를 기주로 불러들였다는 소식을 접한 장합은 터벅터벅 길을 걷고 있었다.

그는 한복의 그런 결정이 도저히 이해가 되지 않았다.

원소가 누구이던가.

사세 동안이나 삼공을 배출한 명문가의 자제가 바로 원소였다.

그리고 반동탁 연합의 맹주이기도 하였다. 그러기에 결코 다른 사람 밑에서 만족할 위인이 아니라고 생각하는 장합이었다.

"원소가 야심을 품고 있다는 것을 정말 모른다는 것인가."

원소는 누가 보더라도 야심이 대단한 인물이었다. 그런데도 한복은 어처구니없게 그런 원소를 불러들여 공손찬을 상대하라고 했다.

"하! 지나가는 개가 웃을 일이지……."

그렇게 원소와 한복을 비난하고 있는 장합이었지만, 한편으로는 아무것도 할 수 없는 자신의 처지가 너무나 처량하다는 생각이 들었다.

신세 한탄을 하며 길을 걷다 보니 어느새 관청 앞에 도달하였다.

그런데 부중 앞에서 대로를 쓸고 있는 이가 눈에 들어왔다.

그전까지만 하더라도 매일 보는 일이라 대수롭게 생각하지 않았던 장합이었다.

그런데 심란한 마음 때문인지 오늘따라 한복의 처사가 못마땅하게 여겨졌다.

화가 치솟아 성큼성큼 걸어가서는 빗질을 하고 있는 유자혜의 팔을 붙잡았다.

유자혜는 한복에 의해 관청 앞 대로를 매일 청소하는 치욕스러운 형벌을 받고 있었다. 그는 자신의 팔을 붙잡은 이가 궁금하여 고개를 치켜들었다.

"준예(장합의 자)가 아닌가?"

"어르신, 그만하시지요. 이건 정말 아닙니다!"

유자혜는 한때 기주자사 한복의 보좌관인 치중종사(治中從事)였다.

한복은 그런 그가 제안한 계책이 실패하자 그 책임을 물어 죽이려고 하였다. 그나마 부중의 관리가 만류하여 이렇게 목숨만 부지한 채로 비참하게 살아가고 있었다.

그것이 너무나 안타까운 장합이었다. 이런 처분을 내린 한복이 그렇게나 미울 수가 없었다.

"훗, 자네도 알지 않는가. 이 일을 하지 않으면 나는 죽게 되는데도?"

"하아! 식사는 하셨습니까? 식전이시면 함께 가서 식사나 하시지요."

"술이나 한잔 사주시게. 먼지를 마셨더니 목이 칼칼하군."

"그리하시지요."

장합이 유자혜와 함께 객잔으로 향하는 그 순간, 부중의 정문 뒤에서 누군가 나타났다. 그러고는 멀어져 가는 두 사람을 의미심장하게 바라보다 어디론가 사라졌다.

한편, 유자혜는 객잔에서 식사를 하는 장합을 바라보며 물었다.

"이보게, 준예. 내게 할 말이라도 있는가?"

"지금 돌아가는 사정을 아시지 않습니까. 제 처지가 시키면 시키는 대로 해야 하는지라, 답답합니다."

그 말에 유자혜는 말없이 술을 마시더니 잔을 내려놓으면서 입을 열었다.

"준예, 내 말 잘 듣게. 자네는 원소에게도, 한복에게도 어울리지 않는 사람이네."

"예?"

"한복이 속 좁은 것은 말할 필요가 없고, 더구나 동탁이 등용했다는 치명적인 약점을 가지고 있네."

그러자 장합은 고개를 끄덕거렸다. 자신이 생각해도 한복의 자리는 원소가 아니라면 공손찬에게 빼앗길 것으로 보였다.

"원소라 하여 과연 자네의 진면목을 알아줄까? 어림도 없지."

"왜 그런 말씀을 하시는 겁니까?"

"원소가 누구이던가? 모두가 아는 명문가의 자제이네. 그의 밑에는 기회만 주어지기를 바라는 많은 재사와 무사들이 있네. 과연 그런 원소 밑에서 자네가 제대로 뜻을 펼칠 수나 있을까?"

유자혜가 마치 자신의 속내를 들어갔다 나온 것처럼 정확하게 짚어내자 내심 놀라는 장합이었다.

그의 그런 물음에 장합이 자세를 단정히 하더니 진중하게 물었다.

"그럼 저는 어찌해야만 합니까?"

"무릇 사내란 자신을 알아주는 사람을 만나야 하는 법이네. 유주의 황숙을 아는가?"

"물론입니다."

"그분을 찾아가게. 황숙의 인품이야 두말할 필요도 없이 뛰어나지. 그런데 사람이 없네. 그러니 자네가 가면 황숙께서는 자네를 중히 쓰실 것이네."

그 말에 고민에 잠기는 장합이었다.

어차피 한복이야 역적 동탁이 등용했기에 언제든 떠나고 싶었다. 그럼 남은 것은 원소와 공손찬이었다.

'원소에게는 너무나 많은 인물들이 모여 있어 내가 뜻을 펼칠 수가 없다. 공손찬은 포악하니 그 역시 아니다.'

고민에 잠긴 장합을 지켜보다 입을 여는 유자혜였다.

"원소는 겉으로는 대범한 척하지만, 실상은 음흉하기가 짝이 없네. 내 생각에 이번에 공손찬을 움직인 것도 분명 원소가 꾸민 짓이네."

"그럼 저와 함께 가시지요?"

"내 처지를 알지 않나. 나를 죽이려 하였던 한복이네. 간신히 경무 덕에 살아남았지. 이런 상황에서 내가 사라진다면 경무가 위험해지네."

"알겠습니다. 유주에 계시는 황숙을 찾아가도록 하지요."

"잘 생각했네. 가거든 자네의 큰 뜻을 이루기를 바라네."

"감사합니다, 어르신."

그렇게 장합은 유주의 황숙 유우를 찾아가기로 결심을 굳히게 되었다.

다음 날.

장합은 성문이 열리자 혼란스러운 기주를 피해 병주를 우회해서 유주로 가기로 했다.

그런데 장합이 떠나고 얼마 되지 않아, 평소처럼 부중 앞에서 빗질을 하던 유자혜는 한복의 지시로 죽임을 당하게 되었다.

한복은 그러지 않아도 눈에 가시 같은 존재였던 유자혜가 하급 군관인 장합과 밀담을 나누었다는 소식을 접하게 되었다.

그는 장합이라는 하급 군관에게는 신경조차 쓰지 않았고, 오로지 유자혜가 연관이 되었다는 이유만으로 그를 죽여 버린 것이다.

그런 사실도 모르고 장합은 말을 몰아 빠르게 북상 중이었다.

그러다 흑산적들이 민가를 약탈하는 것을 보았고, 문무를 겸비한 장합의 칼에 흑산적의 두령 하나가 죽임을 당했다.

장합은 자신이 죽인 흑산적의 생김새가 워낙에 특이해 즉시 그자의 정체를 파악했고, 현상금이 붙은 흑산적 두령의 머리를 병주자사에게 전하여 두둑한 상금을 챙기게 되었다.

병주의 주도 진양에서 이틀 동안 휴식을 취한 장합은 다시 길을 나섰다. 이후 며칠 동안 제대로 쉬지도 않고 말을 달린 끝에 마침내 유주의 주도 계에 도착하게 되었다.

*　*　*

유구한 역사를 자랑하는 계.

따각!

따각!

말을 이끌고 성내를 걷던 장합은 분주하게 움직이는 사람들을 보며 놀랐다.

자신이 듣기로 황건적의 난을 피해 유입된 난민만 하더라도 백만이 넘었다고 하였다. 그런데 자신이 생각했던 것과 달리 사람들의 표정이 너무나 밝았다.

"소문이 거짓이 아니었구나……."

밝은 표정의 사람들을 보자 장합은 난민들을 위해 선정을 베푸는 황숙 유우의 소문이 사실이라고 판단했다.

객잔으로 들어가려고 하던 장합은 갑자기 걸음을 멈추었다.

'만약 이런 초라한 몰골을 보고도 나를 받아준다면, 그때는 남기로 하자.'

며칠 동안이나 말을 타고 달려온 덕분에 장합의 몰골은 거지보다도 더 심했다.

그런 생각에 이르자 그는 타고 왔던 말을 객잔의 마구간에 맡기더니 초라한 행색을 하고서 계의 관청을 찾아갔다.

장합은 딸랑 칼 한 자루만 들고, 남루한 모습으로 계의 번화가를 걸었다.

지나가는 행인들이 볼 때 장합은 영락없이 떠돌이 낭인무사처럼 보였다.

그렇게 대로를 지나가는데 갑자기 거대한 왕궁 같은 건물이 눈에 들어왔다.

"저기가 관청인가?"

객잔의 주인이 근방에서 가장 큰 건물이 관청이라고 알려주었지만 저렇게 거대한 왕궁 같은 곳일 줄은 미처 몰랐다.

"크험!"

장합은 괜스레 주눅이 드는 것만 같아 헛기침을 몇 번 하더니, 당당한 걸음걸이로 다가갔다.

그러다 관청으로 천천히 걸어오는 한 노인을 보게 되었다.

그 노인도 자신과 같은 초라한 행색이었다. 하지만 그는 이내 그 노인에게서 시선을 거두고 관청으로 걸어갔다.

관청에 도착은 하였지만 그는 우뚝 솟은 오문(午門)에 위축이 되어 들어가는 것이 망설여졌다.

"왕궁이었다고 하더니, 무슨 정문이 저렇게나 크지……."

계의 관청이 한때 연나라의 왕궁으로 쓰였다는 객잔 주인의 말이 떠올랐다.

그는 오직 왕궁에만 존재하는 높다란 정문을 보며 감상에 잠겼다.

"이보시게."

갑자기 옆에서 자신을 부르는 소리가 들려 고개를 돌려보니, 조금 전에 보았던 그 노인이 보였다. 그는 공손히 답을 했다.

"어르신, 제게 볼일이 있으신지요?"

"미안하네만 내가 며칠 동안이나 끼니를 걸렀더니 허기가 져서 그러네. 도와줄 수 있겠나?"

장합은 마치 넝마처럼 여기저기 꿰매고, 덧대어 입은 행색의 노인을 보자 측은한 마음이 생겼다.

그런데 거지라고 하기에는 특이하게도 머리에 관(冠)을 쓰고 있었다.

'거지 같기도 하고, 아닌 것 같기도 하고…….'

순간 그런 생각이 들었지만 그는 노인이 측은하게 여겨져 공손히 답을 했다.

"어르신, 제가 여기는 초행입니다. 아시는 곳이 있다면 그곳으로 가시지요."

"허허, 고맙네. 젊은이."

장합은 그 노인을 따라 어디론가 향했다.

그런데 길을 가는 노인이 아무래도 이상하게 여겨졌다. 기껏 밥 한 끼만 사달라고 하더니, 노인이 가는 곳에는 고관들이나 드나들 정도로 화려한 객잔이 있었다.

장합은 자신이 저 늙은 당나귀 노인에게 당했다는 생각에 걸음을 멈추었다.

그때였다.

화려한 객잔 안에서 사람들이 우르르 나오더니 그 노인을 향해 공손히 절을 했다.

"나오셨습니까, 황숙."

"허허, 점주까지 나오고. 이래서 내가 여기를 오지 않으려고 했는데."

"아이고! 무슨 그런 서운한 말씀을 하십니까! 황숙께서 선정을 베풀어주신 덕분에 저희 같은 장사치들이 마음 편히 장사를 하는 것이 아니겠습니까. 어서 들어가시지요."

"저기 뒤에 있는 젊은이도 일행이니 그리 알게."

"예, 황숙."

유우가 안으로 들어가자 비단옷을 입은 점주가 장합에게 가더니 공손히 인사를 했다.

"안으로 드시지요."

"이보시오, 저분이 정말 황숙이시오?"

"예? 모르셨습니까?"

"아니! 황숙이시라는 분의 차림새가?"

"하하하, 다들 황숙을 처음 뵈면 그리 말씀을 합니다. 어서 들어가시지요."

장합은 객잔 안으로 들어가면서도 이게 무슨 일인가 싶었다.

황숙이라면 당연히 비단옷을 입고 있을 것이라고 생각했었다. 그런데 너무나 볼품없는 차림인지라 얼떨떨하기만 했다.

점주를 따라 객잔 안에 있는 내실로 들어서자 유우가 자리를 잡고 앉아 있는 것이 보였다.

그러자 장합은 유우를 향해 지극히 공손한 태도로 읍(揖)을 했다.

"소인 장합이라고 하나이다. 황숙을 뵈오니 일생의 광영이옵니다."

"허허, 그리 예를 차릴 필요가 없네. 앉으시게."

"감사합니다."

그가 조심스럽게 유우의 옆으로 가서 자리에 앉자, 이내 점주가 안으로 들어왔다.

그를 따라 객잔의 일꾼들이 들어오더니 차를 준비해 주었다.

"황숙, 오늘은 제가 대접을 해드리고 싶습니다. 받아주시면 고맙겠습니다."

"오늘은 객이 계시니 그리하게. 아! 인사하게. 저쪽은 흑산적의 두령 좌자장팔을 죽인 영웅이시라네."

"오! 그렇습니까!"

유우의 말에 점주가 놀라기는 하였지만, 그보다도 더욱 놀란 사람은 당사자인 장합이었다.

"황숙, 제가 그자를 죽인 것을 어찌 아셨는지요?"

"자네가 좌자장팔을 죽이고 진양의 관청에서 현상금을 받았지 않았나. 자네가 유주로 가는 중이라는 것을 알게 된 병주자사가 소식을 전해주었다네. 내 자네의 용파를 가지고 다니며 눈여겨보았는데, 오늘 이렇게 볼 줄은 몰랐다네."

"아! 그러시군요."

그제야 장합은 돌아가는 사정이 모두 이해가 되었다. 그러면서 만약 자신에게 밥 한 끼 사달라고 하였던 황숙의 청을 거절했으면 큰일이었다는 생각에 눈앞이 아찔해졌다.

장합이 좌자장팔이란 흑산적의 두령을 죽여 현상금을 탈 수 있었던 이유는 놈의 특징 때문이었다.

그가 죽인 흑산적의 두령은 왼쪽 수염이 무려 여덟 자나 되었고, 그런 괴상스러운 특징 때문에 좌자장팔이라고 불렸다. 장합은 놈의 독특한 특징을 보고는 한눈에 흑산적의 두령이라는 것을 알게 되어, 놈의 수급을 가지고 병주의 주도 진양으로 가서 현상금을 수령한 것이었다.

그런 후에 진양에서 며칠을 쉬다가 다시 유주로 출발하였다.

병주자사는 장합이 유주로 떠난다는 말에 곧바로 유주목 유우에게 전령을 보내 이런 사실을 전해주었다.

그런 소식을 접한 유우는 장합이 자신을 찾아온다는 것을 알고서 언제나 용모파기를 들고 다녔다.

그리고 시간이 날 때마다 계의 관청을 기웃거리며 장합을 찾았다. 그리고 마침내 오늘 장합이라는 젊은 무장을 만나게 된 것이었다.

객잔의 점주 덕분에 거나하게 식사를 마친 두 사람은 입가심으로 차를 음미했다.

황숙 유우가 알싸한 맛이 느껴지는 찻물을 한 모금 마신 후 잔을 내려놓으면서 물었다.

"이보게, 준예."

"예, 황숙."

"자네가 이렇게 불원천리 유주를 찾아온 것은 그만한 곡절이 있는 것 같은데? 무슨 일인지 말해줄 수 있겠는가?"

그러자 장합은 순간 말없이 생각에 잠겼다.

오로지 황숙 유우를 만나기 위한 일념으로 천 리가 멀다 하지 않고 달려온 길이었다. 그리고 이렇게 그를 만났다. 그는 지금 이 순간이 자신에게 찾아온 기회라는 것을 본능적으로 알게 되었다.

그는 차분한 어투로 말하기 시작했다.

"소인은 기주자사 한복의 휘하에서 하급 군관으로 있었습니다. 비록 제가 보잘것없는 하급 군관이었지만, 상관이 어질고 인품이 있었다면 능히 받들어 모셨을 겁니다. 하나, 한복은 황숙께서도 아시다시피 역적 동탁이 세운 허수아비에 불과합니다."

"아니라는 말을 못 하겠군. 계속 말해보게."

"역적 동탁과 연관이 있다면 스스로 자중하고, 덕을 쌓아야 함에도 불구하고 한복은 그러지 않았습니다. 더구나 공손찬이 기주를 넘보자 어리석게도 원소를 불러들였습니다. 그러니 이런 상관을 어찌 믿고 따를 수 있겠는지요."

유우는 장합의 말을 계속해서 듣게 되자 그의 고충이 느껴지는 것만 같았다.

그러다 문뜩 조운이 떠올랐다.

'조운도 이자와 같은 처지였는데… 두 사람 모두 기구한 운명이구나.'

그때 장합이 갑자기 일어나더니 다시 한 번 정중하게 읍을 했다.

"황숙, 저는 예전부터 인자하신 황숙을 흠모하여 왔습니다. 그간 기회가 없다가 이렇게 황숙을 만나뵙게 되었습니다. 보잘것없지만 황숙께서 저를 거두어주신다면 성심을 다하겠습니다."

그러자 유우는 자리에서 일어나 장합에게 다가가더니 그의 손을 잡아주었다.

"잘 와주었네."

"감사합니다!"

"우선 자리에 앉게. 그런 후에 내 제안을 들어보게."

자리에 앉은 장합은 황숙 유우가 자신을 받아준 것으로 생각하고서는 기쁘고, 들뜨기만 하였다. 하지만 자리가 자리인지라 그런 내색은 할 수가 없었다.

"이보게, 준예. 내 나이가 이미 환갑을 넘겼다네. 그 말은 내일 세상을 떠난다 하여도 하등 이상할 것이 없다는 뜻이네."

"아닙니다, 여전히 정정하게 보이십니다."

"그리 봐주니 고맙네. 그러나 내 자네에게 제안할 것은 젊은 자네가 늙은 나를 따르는 것은 순리가 아니라고 여기기 때문이네. 젊은 사람은 젊은이와 어울려서 새로운 시대를 만들어가야 하는 법이지. 그러니 내 제안을 잘 듣고 가부간의 결정을 해주게."

그러면서 황숙 유우는 수현에 대한 얘기를 꺼내기 시작했다.

자신의 손녀사위인 진수현이 지금의 이런 정국을 예상했을 정도로 뛰어난 통찰력을 지녔다고 말이다.

장합은 그런 말에 놀라고 말았다.

자신은 한 치 앞이 보이지 않는 정국이었는데, 다른 누군가는 이미 이런 정국을 예상했다고 말을 하니 뒷골이 서늘해지는 기분이었다.

"손녀사위가 요동의 태수네. 얼추 자네와 연배가 비슷하게 보이니 그를 찾아가 보는 것은 어떤가?"

"요동으로 말입니까?"

"요동태수가 하루라도 빨리 목수와 대장장이, 조선공을 보내 달라고 하였다네. 조만간 그들이 요동으로 떠날 것이네. 그때 자네가 그들을 이끌고 갔으면 하네만, 자네의 의향은 어떠한가?"

"말씀을 들으니 요동태수가 대단한 인물처럼 여겨집니다. 하나, 저는 황숙을 섬기고 싶습니다."

며칠 전 병주자사에게서 소식을 전해 받은 유우는 장합이 자신을 찾아올 수 있다고 생각하였고, 이미 이런저런 계획을 세워두었다.

그러기에 장합이 거절의 뜻을 내보이자 곧바로 차선책을 제시했다.

"그럼 다른 제안을 함세. 내가 살아 있는 동안 자네는 내

휘하의 무장이 되게. 요동에 가는 것은 그대를 파견 보내는 것으로 하지. 그러다 내가 죽으면 그때 자네는 새로운 길을 찾아가도 무방하네. 혹여 내 손녀사위를 인정하게 된다면 그때 의탁을 해도 된다네. 받아들이겠는가?"

"예! 황숙의 휘하 무장이라면 얼마든지 받아들이겠습니다!"

장합에게 중요한 것은 황숙 유우의 휘하에 있는 것이었기에, 그는 그런 제안을 일말의 망설임 없이 받아들였다.

유우는 눈앞에 있는 장합이란 젊은 무장이 손녀사위 수현에게 많은 도움이 될 것이라고 생각하여 환한 얼굴로 변해갔다.

"그럼 언제 떠나면 되는지요?"

"우선 장인들을 모아야겠지. 자네가 장인들을 통솔하여 요동으로 간다는 것을 전령을 통해 전해줄 것이니 가서 열심히 해보게. 함께 지내다 보면 실망하지는 않을 것이네."

"알겠습니다."

그렇게 장합은 황숙 유우를 섬기게 되었다.

그리고 수현이 부탁한 대로 장인들을 모집하였고, 모두 50여 명의 장인들이 요동으로 가겠다고 자원하였다. 그들이 멀고도 먼 요동으로 가겠다고 나선 것은 황건적의 난이 일어난 후 자신들을 거두어준 황숙 유우의 은혜에 조금이나

마 보은을 하고자 하는 뜻이기도 하였다.

그렇게 장합은 공식적으로 황숙 유우의 휘하 장수가 되었지만, 파견지가 요동이라는 것을 감안하여 태수를 보좌하는 승(丞)에 임명이 되었다.

제7장

북해(北海) 공략上

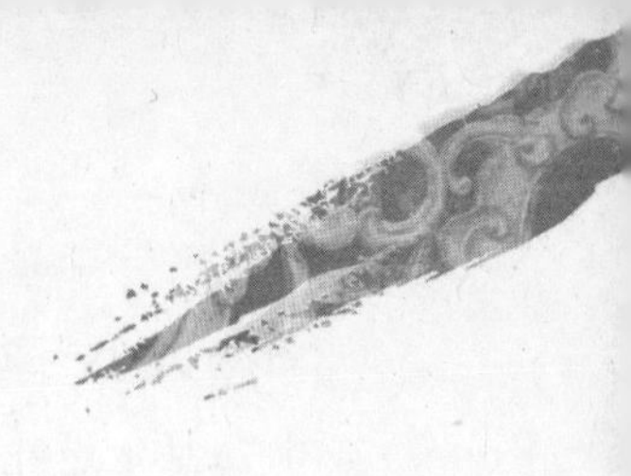

그 무렵, 양평성의 태수부.

이른 아침에 수현은 부인 공손란과 함께 장인과 장모를 만나고 있었다.

신임 유주목 공손도가 오늘 계로 떠나기로 되어 있었다.

공손도는 사위 수현에게 짧은 당부의 말을 하고는 고개를 돌려 옆에 있는 딸을 바라보았다.

공손란은 먼 길을 떠나는 모친의 손을 부여잡고는 금방이라도 눈물을 쏟을 것만 같았다.

"어머니, 조심히 가세요."

"걱정 말래도 그러는구나. 네 아버님께서 어련히 챙겨주시겠지. 그보다 란아."

"예, 어머니."

"이제 너는 태수의 부인이라는 것을 잊지 말아야 한다. 남자가 밖에서 잘되어야만 너 또한 잘되는 것이다. 이 점을 언제나 기억하고, 내조에 힘을 써야 한다."

"그렇게 할게요, 어머님."

공손도의 부인 유씨는 딸의 손등을 가볍게 토닥거려 주더니, 뒤에 있는 유모를 바라보며 말했다.

"유모, 란이를 잘 부탁하네."

"예, 걱정하지 않으셔도 됩니다. 아가씨는 제가 잘 보살펴드리겠습니다."

"그래, 유모만 믿겠네."

"크흠! 그만하고 이제 출발합시다."

공손도의 말에 유씨 부인은 마지막으로 사위 수현에게 당부의 말을 하고는 마차에 올랐다. 그러나 여전히 딸이 걱정스러워 작은 창을 열고 손을 내밀었다. 그러자 모친의 손을 붙잡으면서 눈물을 흘리는 공손란이었다.

"어머님, 조심히 가세요."

"너도 몸 성히 잘 있거라."

"출발하라!"

덜컹!

공손도 태수가 말에 올라 출발을 지시하자 이내 마차가 움직였고, 서서히 양평성의 서문으로 향했다. 수레만 하여도 수십 대가 뒤따라 움직였고, 내황공주를 호위하였던 계의 병사들이 질서 정연하게 그 뒤를 따라서 이동했다.

수현은 점점 멀어져 가는 그들을 지켜보다 아내와 함께 부중으로 들어갔다.

그날 오후.

태사자가 등청한 지도 며칠이 지났고, 수현은 답돈과 조운을 객잔으로 불러 거나하게 한턱을 냈다.

이런저런 잡담이 오가면서 분위기가 무르익어 가자 수현이 태사자를 불렀다.

"이보게, 자의."

"예, 태수님."

"자네의 빙장께서 그러던데, 그대의 자당께서 북해에 계시는 것으로 알고 있네만. 사실인가?"

"그렇습니다. 몇 년 동안이나 찾아뵙지를 못해 마음이 편하지 못합니다. 잘 계시는지 모르겠습니다."

"그럼 내년 봄에 고향에 가보겠는가?"

"그게 가능하겠는지요?"

언감생심, 이제 막 관원이 된 태사자인지라 놀라서 묻자 수현은 입가에 미소를 만들며 답을 했다.

“자네가 마음이 편해야 일에 능률이 오르지 않겠는가? 내년 봄에 여기 있는 자룡과 함께 가보세.”

“태수님께서도 가시려고 하십니까?”

“왜 나는 가면 아니 되는가?”

“아, 아닙니다! 얼마든지 환영합니다.”

“하하하, 자네의 모친을 이곳으로 모셔오려면 나도 가서 인사를 드려야 하지 않겠는가?”

“감사합니다! 태수님!”

태사자는 지난날 자신과 악연이었던 자사 놈이 불현듯 떠올랐다.

놈은 자신을 죽이지 못해 안달이었다. 그런데 지금 눈앞에 있는 요동태수는 마치 다른 세상에서 온 사람처럼 여겨졌다.

태사자는 수현을 바라보며 깊은 생각에 잠겨 들어갔다.

조운은 자신의 의형이 후덕하게 여겨져 자신도 모르게 입가에 웃음꽃이 피어났다.

그런데 그들과 달리 뚱한 표정의 답돈이었고, 마치 보란 듯이 술을 벌컥벌컥 마시더니 퉁명스럽게 내뱉었다.

“태수님, 저는 왜 빼두시는지요? 저도 북해에 가고 싶습니다!”

"너는 여기를 지켜야지. 너마저 따라온다면 이곳을 누가 지키겠느냐?"

"형님의 말씀이 맞다. 답돈, 너마저 따라오면 어찌하겠다는 것이냐."

"아! 그런 것이었습니까!"

"그럼 내가 너만 따돌릴 것으로 생각했느냐."

"하하하하! 태수님! 걱정하지 않으셔도 됩니다! 저만 믿으시면 됩니다!"

답돈은 수현이 자신을 믿고 대임을 맡기자 잔뜩 상기된 표정을 내보였다.

그런데 무언가를 고민하던 태사자가 갑자기 자리에서 벌떡 일어나더니 수현에게 공손히 예를 올렸다.

"태수님, 저는 이제껏 도망자에 불과하였습니다. 하루하루를 세상을 원망하고, 한탄만 하며 살아왔습니다."

"다 지나간 일들이네. 이제 그런 생각은 훌훌 털어버리게."

"태수님께서 이런 저를 거두어주신 것만으로도 큰 은혜를 입었는데, 그 은혜에 보답을 하기도 전에 제 모친마저 거두어주시니, 태수님의 은혜가 태산처럼 여겨질 따름입니다."

쿵!

태사자가 갑자기 큰 소리를 내며 무릎을 꿇었다.

그러자 자리에 있던 세 사람이 놀라 몸을 일으켰다.

"자의! 이게 무슨 짓인가! 그만 일어나게."

"이제부터 저 태사자는 태수님을 제 주인으로 섬기는 것으로 은혜에 보답하고자 합니다! 부디 받아주시기를 청합니다! 주공! 저를 받아주시기를 청합니다!"

태사자는 수현 앞에 엎드려 고개를 숙여보였다.

수현은 너무나도 간절한 모습에 무어라 할 말이 떠오르지가 않았다.

태사자는 객잔 안의 차디찬 바닥에 꿇어앉은 채로 수현의 답을 기다리고 있었다.

객잔 안은 마치 시간이 멈춰 버린 듯 고요한 정적만이 흘렀고, 어느 누구도 감히 함부로 나설 수가 없을 정도로 분위기가 무거웠다.

태사자는 요동태수 수현이 자신의 모친을 위해 북해를 찾아가겠다고 말한 순간부터 진심으로 그를 받들기로 결심을 하였다.

하지만 수현은 쉽게 결정을 할 수가 없었다. 자신을 주인으로 섬기겠다는 뜻이 태사자가 목숨을 바쳐 받들겠다는 것으로 알고 있었기에 망설여졌다.

그런 모습을 지켜보던 조운이 의형을 바라보며 입을 연다.

"형님, 받아주시지요. 여기서 자의 형님의 뜻을 거절한다면, 은혜도 모르는 파렴치한이 되는 것입니다."

"태수님, 저도 자의 형님의 뜻을 받아들이는 것이 좋을 듯 합니다."

태사자의 굽힐 줄 모르는 완강한 태도에 조운, 답돈도 그의 뜻을 받아들이는 것이 좋겠다고 말을 했다.

"주공! 저를 받아주시기를 청합니다!"

수현은 태사자가 자신을 주공이라고 부를 때마다 부담이 되었다. 과연 자신이 태사자에게서 저런 말을 들어도 되나 싶었다.

조운이야 순수한 마음에서 그와 의형제를 맺었다. 하지만 태사자는 경우가 달랐다.

수현이 조운과 달리 태사자를 쉽게 받아들이지 못하는 것에는 그만한 이유가 있었다. 그것은 태사자가 젊은 나이에 요절을 한다는 것이었다. 그런 이유 때문에 수현은 태사자를 자신을 보좌하는 무장 정도로 여기고 있었다.

그런데 이런 상황이 발생하니 쉽게 결정을 내리지 못했다.

"형님, 받아들이시지요."

다시 조운이 부탁을 하자, 결심을 굳힌 수현은 태사자의 팔을 붙잡아 일으켜 주었다.

"이제부터 자의 자네는 내 손발이나 다름이 없을 것이네!"

"감사합니다, 주공!"

태사자는 수년 동안이나 북쪽의 변방을 떠돌아다니며 힘

겨운 시간을 보내야만 했다. 그런 와중에 수현이 힘껏 자신의 손을 잡아주자 뜨거운 피가 끓어오르는 듯 감정이 격해졌다.

"오히려 내가 고맙네! 그대를 얻은 것은 천군만마를 얻은 것과도 같네!"

그렇게 태사자는 조운에 이어 수현을 따르게 된 두 번째 가신이 되었다.

답돈은 자신도 수현을 인정하고 따르고 싶었다. 그러나 오환의 대족장으로 내정되어 있었기에 그럴 수가 없었다. 하지만 그런 생각과 달리 시간이 갈수록 수현에게 끌리고 있다는 것을 자각하지 못했다.

그때였다.

수현의 시종 이평이 객잔으로 들어왔는데, 얼마나 급하게 왔는지 숨을 헐떡거리고 있었다.

"태수님!"

"무슨 일인데 그러느냐?"

"계에서 전령이 왔다고 합니다. 그런데 성문이 닫혀 있어 들어오지를 못하고 있답니다. 수문대장이 어떻게 해야 하는지 지시를 내려 달라고 합니다."

"계에서?"

수현이 요동의 태수가 되고나자 양평의 성문을 동절기에는 유시 초(오후 5시)에 닫도록 지시를 하였다.

지금은 유시 정이라 성문은 굳게 닫혀 있었고, 아무리 전령이라고 하여도 태수의 승낙 없이는 성문을 열 수가 없었다.

"주공, 혹여 흑산적들의 무리가 아닐런지요?"

"그럴 수도 있겠지."

태사자의 물음에 그처럼 답을 한 수현이었다.

물론 기주에 있는 흑산적들이 여기까지 오는 것은 희박하지만, 워낙에 흑산적들이 기승을 부리고 있는 시국이라 조심해야만 했다.

"자룡은 서문으로 먼저 가서 상황을 살펴보게."

"예, 그럼 먼저 일어서겠습니다."

조운이 그처럼 답을 하더니 바람처럼 사라져 갔다.

"답돈, 너는 경찰 대원들을 비상대기 시켜두어라. 성 안에서 혼란을 조장하는 무리가 있을 수도 있다. 수상한 자가 보이거든 필요한 조치부터 하고 보고는 차후에 하라!"

"예! 태수님!"

그러자 답돈도 빠르게 객잔을 빠져나갔다.

"자의, 자네는 나와 함께 서문으로 가세."

"예, 주공."

태사자와 함께 객잔을 나와 서둘러 움직인 수현은 태수부의 관사로 들어가서 자신의 애검 청운검을 들고 나왔다. 그런 후에 말을 몰아 황급히 서문으로 향했다. 성문에 도착하자 누각에 횃불이 환하게 밝혀져 있었다.

곧바로 성곽으로 올라간 수현이 조운을 바라보며 입을 열었다.

"도위! 상황 보고하라!"

"성문밖에 전령으로 보이는 자가 모두 셋이 있습니다. 차림새로 보아 흑산적은 아닌 것 같습니다. 또한 주변에 수상한 움직임은 없습니다."

"바구니를 내려 보내라."

수현의 지시에 성곽에 있는 병사들이 밧줄에 매달려 있는 바구니를 내려 보냈다.

"도위! 저들의 신원을 파악하라!"

"예!"

그러자 조운이 성곽 앞으로 나아가더니 아래를 보며 소리쳤다.

"전령은 들으라! 계에서 왔다면 신표가 있을 것이다! 신표를 바구니에 담아라!"

"황숙께서 보내신 서신이 있습니다! 그것을 넣어두겠습니다."

그러더니 전령 하나가 말에서 내려 바구니에 유우의 서신을 담았다.

바구니가 올라오자 조운이 서신을 빼 들어 수현에게 바쳤다.

수현은 비단 두루마리를 금실로 묶고, 밀랍으로 봉인한 인장이 찍혀 있는 것을 보고서 두루마리를 펼친다. 그러자 유우의 수결과 유주목의 인장이 찍혀 있는 것이 보였다.

"성문을 열어라!"

쿠르르릉!

쿠르릉

수현의 지시가 떨어지자 성문은 묵직한 굉음과 함께 열렸다. 그러자 전령들이 말을 몰아 안으로 들어왔다.

* * *

다음 날.

요동태수부의 조당.

조운, 답돈을 비롯한 태수부의 속관들이 쥐 죽은 듯이 자리를 지키고 있었다.

무슨 일인지는 모르지만 조당의 분위기는 평소와는 많이 달랐다.

바늘이라도 떨어진다면 그 소리조차 들릴 정도로 숨 막힐 듯한 고요함이었다. 그런 분위기 속에서 모두들 기다리고 있을 때였다.

"태수님 드십니다."

태수 수현의 시종 이평의 음성이 조당 밖에서 들려왔고, 모든 관리들이 일제히 자리에서 일어났다.

덜컹!

문이 열리고, 안으로 들어서는 수현은 성큼성큼 걸어가더니 자신의 자리에 앉았다.

"태수님을 뵙습니다."

모든 관리들이 수현을 향해 공손히 허리를 숙여 보였다.

"모두 자리에 앉게."

그러자 속관들이 자리에 앉았고, 수현은 잠시 기다리다 함께 들어온 독우 태사자를 바라보았다.

"독우."

"예, 주공."

"간밤에 계에서 보내온 서신을 모두가 알 수 있게 낭독하게."

"예."

지난밤 황숙 유우가 보낸 전령이 도착하였고, 이미 내용을 파악한 수현과 세 사람이었다.

그럼에도 이렇게 조당에서 정식으로 거론하는 것은 그만큼 중요한 사안이기 때문이었다.

태사자는 자리에서 일어나 수현이 내미는 비단 두루마리를 받아 관리들을 돌아보았다. 그러고는 천천히 서신을 읽어갔다.

서신을 통해 부중의 관리들은 유주목인 황숙 유우가 천자를 대신하여 벼슬을 내릴 수 있는 영상서사가 되었다는 것을 알게 되었다. 또한 요동태수 진수현이 흠차관에 임명되었다는 것도 알게 된다.

이미 조회가 있기 전에 수현에게서 흠차관에 대한 설명을 들은 태사자는 관리들을 위해 설명을 했다.

"흠차관은 이번에 신설된 관직이고, 천자를 대신하여 지방을 시찰하는 것이 책무입니다. 이는 주공께서 천자를 대신한다는 뜻이기도 합니다."

관리들은 태수가 있는 자리라 내색은 안 하지만 다들 흠차관이 엄청난 관직이라고 생각했다.

설명을 끝낸 태사자가 몸을 돌려 수현을 향해 공손히 예를 올린다.

"주공! 감축드립니다!"

그러자 모든 관리들이 자리에서 일어나 크게 소리쳤다.

"태수님, 감축드립니다."

수현은 잠시 시간이 지나고 관리들이 제자리에 앉자 입을 열었다.

"모두들 고맙네, 독우."

"예, 주공."

"조만간 계에서 많은 수의 장인들이 올 것이니 그것에 대비하게. 날이 점점 추워지고 있으니 월동 준비에 더욱 신경을 써 주게."

"그러지 않아도 난방을 위해 석탄과 난로를 보급하고 있습니다."

그 말에 수현은 고개를 끄덕거렸다.

지난날 석탄을 발견하지 못했다면 이번 겨울도 혹독하게 넘겨야만 했을 것이라고 생각했다.

"내년에 날이 풀리면 북해로 갈 것이니 그 또한 차질 없이 준비를 하게."

"명심하여 진행하겠습니다."

"이만 조회를 파한다. 모두 물러가고 자룡, 답돈, 자의는 남게."

관리들이 우르르 조당을 빠져나가고, 그들만 남게 되자 수현은 북해를 공략하기 위한 세부 계획을 거론했다.

"모두들 내가 흠차관이 되었다는 것은 알 것이고, 그것이 북해를 공략하기 위한 발판이 될 것이네."

"형님, 북해를 공략하기 위해 그런 준비를 하신 줄은 미처 몰랐습니다."

"자룡에게 미리 말하지 않은 것은 미안하게 생각하네."

"아! 아닙니다. 미래를 예견하시는 형님의 안목에 그저 감탄

할 따름입니다."

"저도 놀랐습니다, 주공께서는 어떻게 이런 일을 예측하셨는지요?"

"어허, 이 사람들이 오늘 내 얼굴에 금칠을 하기로 작당들을 하였나. 무안하니 그만하게."

그러면서 수현이 크게 소리 내어 웃었고, 모두들 환하게 웃어 보였다.

그렇게 분위기가 전환되자 다시 북해 공략을 거론하는 그였다.

"자네들이 아는지 모르겠지만 북해국의 상은 공융이라는 자이네. 제멋에 사는 그자는 그리 경계할 필요가 없지. 문제를 그를 보좌하고 있는 손소라는 자이네. 자의는 들어보았는가?"

"예, 본 적은 없어도 들어는 보았습니다. 덕이 높아 사람들에게서 존경을 받는 인물입니다. 그런 자가 지키고 있다면, 무력으로 북해를 접수하는 것은 지양해야 합니다. 무력을 동원하면 반감이 거세질 것입니다."

"제대로 보았네. 그래서 할아버님께 흠차관에 제수해 달라고 청한 것이네. 이제 무슨 뜻인지 다들 알겠는가?"

"형님의 말씀은 천자를 대신하는 흠차관의 위세를 빌려 자연스럽게 북해를 점령하시겠다는 것이지요?"

"자룡의 생각이 맞네, 그러니 이제부터 그 위세에 적합한 규모를 산정해야만 하네. 너무 많은 병력이 가면 오히려 독이 되지."

그러자 모두들 말없이 고민에 잠긴다.

흠차관이라는 관직이 이번에 신설되었다 보니, 그에 맞는 의전과 경호에 관한 기록이 당연히 없었다.

한참이나 그 문제로 고민을 하던 중에 먼저 조운이 의견을 제시했다.

"병력 규모를 대략 사백 이내로 하시는 것은 어떠하신지요. 배를 타고 간다면 선원들까지 포함이 되니, 그들까지 포함시키면 족히 육백은 넘을 것입니다."

그러자 자신의 오른편에 있는 태사자를 보며 묻는 수현이었다.

"자의는 어떻게 생각하는가?"

"자룡의 계획이 나쁘지 않은 것 같습니다. 하나, 바다를 건너가야 하니 기병을 대동하는 것은 어렵지 않겠습니까?"

"그 때문에 답돈을 여기에 남게 하였네. 오환의 병사들은 기병이니 물에 익숙하지 않겠지. 답돈은 다시 말하지만 내가 자리를 비운 동안 성을 단단히 지켜야 한다!"

"예! 걱정하지 않으셔도 됩니다."

"그럼 규모는 그렇게 정하는 것으로 하고……."

그렇게 북해로 가는 병력의 규모가 정해지자 수현은 다른 안건을 꺼내 들었다.

흠차관의 위세라면 북해를 어렵지 않게 장악할 수 있을 것이라고 생각했다. 그러나 북해에는 후한을 혼란에 빠뜨린 황건적의 잔당들이 버티고 있어 그것이 골칫거리였다.

수현은 내년에 청주 지역을 비롯한 곳곳에서 황건적의 잔당들이 준동한다는 것을 알고 있었다. 그리고 조조가 그들 황건적을 거두어들여 청주병으로 칭한다는 것도 알고 있었다.

'나도 조조처럼 청주병을 만들어볼까?'

조조를 생각하자 문뜩 그런 생각이 들었다. 그러나 곧바로 자신이 황건적의 잔당들을 거둔다는 것은 현실적으로 너무나 어렵다고 보았다.

조조는 황건적의 잔당들을 거두어 청주병이라고 칭했지만, 약탈을 밥 먹듯이 해대는 놈들 때문에 언제나 골머리를 앓아야만 하였다.

오죽하면 조조가 죽자 방패막이가 사라졌다고 생각한 청주병들이 소리 소문 없이 사라졌겠는가.

'급하게 먹으면 체하는 법이다.'

수현은 청주병에 더 이상 미련을 두지 않기로 한다.

이미 자신에게는 오환이라는 강력한 기병이 존재하였다. 물론 답돈이 자신을 도와주어야 가능하지만, 수현은 답돈을 믿고 있었다.

또한 태사자의 장인이 선비족의 일파인 모용부의 족장이었다. 수현은 자신이 도움을 요청한다면 막호발 족장이 외면하지는 않을 것이라고 생각했다.

그리고 무엇보다도 유주의 주도 계에는 황건적의 난을 피해 유입된 백만이 넘는 난민들이 존재했다. 그들 중에는 황건적이라면 이를 가는 자들이 많을 것인데, 향후 그들의 도움을 받으려면 황건적의 잔당을 거둘 수 없다고 판단을 내렸다.

지금은 난민들을 요동으로 이주시켜 정착을 하도록 만들어야 하고, 그것에 대비해야 한다고 생각하며 입을 열었다.

"내년 봄에 북해에 가게 된다면 황건적의 잔당을 각별히 신경 써야 하네. 그러니 인원은 소수이지만 전투 경험이 있는 자들로 구성을 해야 할 것이네."

"형님, 황건적도 문제지만 근래에 해적들이 수시로 출몰한다고 합니다."

"해적이라니? 왜 내게 그런 보고가 없었나?"

"어부들이 해적들을 종종 만났다고 합니다. 형님께 보고를 드리지 않은 것은 아직 피해가 미미하기 때문입니다."

"해적을 만났다는데 피해가 미미하다?"

"예, 잡았던 물고기를 바치자 그것을 받고는 떠나갔다고 합니다. 규모는 모두 두 척이라고 하였습니다."

수현은 조운의 말에 표정이 굳어졌다.

아무리 피해 규모가 어부들이 잡은 물고기 몇 마리가 전부라지만, 앞으로도 그러라는 법은 없었다. 수현은 아직 조운이 젊어서 그런 점을 간과했다고 생각했다. 그것이 아니면 해적들의 규모가 겨우 두 척이라 무시했을 수도 있겠다 싶었다.

"나라가 혼란스러우니 황건적으로도 부족해서 흑산적에, 해적들까지 활개를 치고 돌아다니고 있으니 한숨만 나오는구나."

"형님, 지금은 어찌해 볼 방도가 없지 않습니까?"

"자룡, 놈들이 언제 이곳으로 올지도 모르니 각별히 신경 쓰게."

"예, 형님. 그러지 않아도 놈들이 요동에 올 수도 있겠다고 생각하였습니다. 앞으로 더욱 신경 쓰겠습니다."

"자의 자네는 바닷가에 인접한 현에 전문을 보내 봉화대를 설치하고, 수비 병력을 더욱 확충하라고 하게."

"명심하겠습니다."

"자! 얼추 계획을 세웠으니 식사나 하러 가지."

그러면서 수현이 자리에서 일어선다.

모두들 그를 따라 일어서는데 유독 조운만은 자리를 지키고 있었다.

그러자 모두들 우두커니 앉아만 있는 조운을 바라보았다.

"자룡, 할 말이 남았는가?"

수현의 물음에도 조운은 말이 없었고, 태사자와 답돈이 말해보라고 종용하자 그제야 조심스럽게 말을 꺼냈다.

"형님."

"허어, 이 사람아 답답해서 숨넘어가겠네. 하고픈 말이 있으면 하게."

"실은 공주 전하께서 식사에 초대를 하셨습니다."

"전하께서? 무슨 일로?"

"그, 그게, 저……."

조운이 말을 못하고 머뭇거리기만 하자 태사자와 답돈은 영문을 모르겠다는 표정으로 바라만 보았다.

수현은 조운이 내황공주를 언급하자 눈치를 챘지만, 내색하지 않고 물었다.

"전하께서 갑자기 왜 우리를 초대하신 것인가?"

"자룡, 형님. 말씀을 해보시오. 초대는 그냥 하는 말이고 무슨 다른 뜻이 있는 겁니까?"

"자룡, 나도 궁금하이. 말을 해보게."

답돈과 태사자가 그처럼 말했지만, 수현은 마치 모든 일을 알고 있다는 듯이 묵묵히 조운을 바라보며 기다렸다.

조운은 서탁에 놓여 있는 차를 벌컥벌컥 들이켜더니 결심을 한 듯이 입을 열었다.

"솔직하게 말씀드리겠습니다. 어제 공주 전하께서 제게 청혼을 하셨습니다."

"뭐! 청혼!"

"세, 세상에!"

"태수님, 청혼이라고 합니다!"

놀란 표정의 답돈이 수현을 보며 소리쳤다.

수현도 두 사람처럼 놀란 표정을 내보였지만, 실상은 이미 이런 일을 예상했었다.

며칠 전 수현은 부인 공손란에게 내황공주에 관한 얘기를 하였다. 그리고 그 자리에서 조운과 내황공주 두 사람의 결혼에 관한 얘기를 꺼냈다.

공손란도 두 사람의 관계가 보통이 아니란 것은 알고 있었다.

그러나 다른 일도 아니고 인륜지대사인 혼인이라 함부로 나설 수가 없었다. 더구나 공주라는 신분 때문에 공손란 자신이 나서기가 애매모호했다.

그런 아내의 고충을 알게 된 수현이었지만 그의 생각은 달랐다.

수현은 조운과 내황공주를 이대로 둔다면 두 사람은 결코 진척이 없을 것으로 생각했다. 그래서 청혼을 반드시 남자만 하는 법이 아니라고 말했다.

그런 얘기를 들은 공손란은 다음 날 내황공주를 찾아가 그런 말을 전해주었다. 그 자리에 자신의 성(性) 상담사인 유모까지 대동한 공손란이었고, 유모의 화려한 언변에 내황공주는 설득을 당하고 말았다.

그런 일이 있고 며칠 후 조운에게 청혼을 해버린 내황공주였다.

그리고 수현은 이미 아내에게서 내황공주가 청혼을 했다는 것을 전해 들은 상태였다.

수현은 그런 생각에서 벗어나면서 조운에게 물었다.

"공주 전하께서 초대를 하였다는 것은 자네가 청혼을 받아들였다는 것인가?"

"예, 형님. 비록 제 신분이 미천하지만 공주 전하의 진심을 알기에 받아들였습니다."

"따지고 보면 이제 공주 전하는 의지할 곳이 없는 혈혈단신이 아니신가. 자네가 잘 보살펴 드리게."

"예, 그리하겠습니다."

"자룡, 형님. 감축드립니다!"

"자룡, 감축하네. 주공, 이제 답돈만 혼인을 치르면 되겠습니다."

태사자가 그처럼 말하자 답돈이 험악하게 인상을 썼다.

그러지 않아도 답돈은 자신이 남들보다도 혼인이 늦은 것이 언제나 마음에 걸려 있었던 상태였다. 오환의 사내들은 보통 열여섯이면 혼인을 하였다. 그런데 이제 새해가 얼마 남지 않았고, 그럼 답돈의 나이는 열여덟이 된다. 그러다 보니 자신도 모르게 태사자에게 퉁명스럽게 내뱉었다.

"자의, 형님! 말만 그리하지 마시고 참한 처자라도 소개를 해주시오! 에잇!"

"하하하, 싫다는 소리는 안 하는구나."

"내 나이가 벌써 내년이면 열여덟이오. 내 수하 중에는 나보다도 어린놈이 벌써 애가 딸려 있단 말이오!"

"크하하하! 주공, 이거 이러다 답돈이 미쳐 날뛰지나 않을지 모르겠습니다."

"그렇군. 이놈아, 혼인이라는 것이 어디 강제로 되는 일이더냐."

그러자 답돈이 찻잔을 들어 벌컥벌컥 들이켰다.

모두들 그런 답돈을 보며 크게 소리 내어 웃었다.

시간이 지나 잠시 분위기가 가라앉자, 수현은 조운을 보며 입가에 의미심장한 미소를 만들었다.

'두 사람 모두 외로운 처지니 잘된 일이지.'

그런 생각을 하며 수현은 마치 별일 아니라는 듯이 말을 내뱉었다.

"그러고 보니 이제 자룡은 부마도위가 되는 것이 아닌가?"

"형님, 부마라니요. 가당치도 않습니다!"

"자룡, 공주 전하와 혼인을 하면 당연히 부마가 되는 것이네."

"아니! 자의 형님까지 왜 그러십니까! 저는 어디까지나 태수님의 의동생입니다! 만약 공주 전하께서 그것을 부정하신다면, 이번 혼사는 없었던 것으로 할 것입니다!"

너무나 단호하게 말하는 조운이었다.

그런 그를 보고 수현은 내심 다행이라고 생각했다.

'족보가 꼬일 뻔했는데, 조운이 알아서 정리를 해주니 신경 쓰지 않아도 되겠네.'

답돈은 조운의 말에 감동을 받았는지 엄지를 치켜들며 말했다.

"이야! 역시 자룡 형님이십니다! 평소 의리 하면 자룡 형님인 줄은 알았지만, 오늘 자룡 형님을 다시 보게 되었습니다."

"나는 혼인을 하였다고 해서 형님보다 높이 올라갈 생각은 추호도 없네. 그까지 부마가 무어 대수라고 형님을 배신하겠는가!"

"하하하! 자룡, 그처럼 말을 해주니 고맙네! 그럼 혼인날은 정했는가?"

"아직입니다. 아무래도 내년 가을 추수가 끝나고 하는 것이 좋을 듯합니다."

그 말에 수현은 고개를 끄덕거린다.

1년 정도 남았으니 조운과 내황공주에게 충분한 연애 기간이 될 것이라고 생각했다.

그렇게 조운의 혼인을 축하해 주는 와중에 수현은 문뜩 아내 공손란이 떠올랐다.

자신과 결혼을 한 지도 1년 가까이 되어가는 공손란이었다. 그런데도 임신을 했다는 소식이 들려오지가 않았다.

'혹시, 내게 문제가 있나.'

고개를 갸웃거리는 그였지만 확인을 해볼 수도 없으니 답답하기만 하였다.

남녀가 결혼을 하면 당연히 아이가 태어나야 한다고 생각하는 수현이었다.

'허니문 베이비도 있는데, 물어볼 수도 없고…….'

수현이 자식에 관한 일을 아무리 내색하지 않고 무덤덤하게 시간을 보낸다지만, 당사자인 공손란은 그럴 수가 없었다.

그 무렵 태수부의 후원 내당.

수현이 아무리 내색을 안 한다고 하여도 그런 마음을 완전히 숨길 수는 없었다.

수현의 부인 공손란도 시간이 지나갈수록 아이가 생기지 않자 불안할 수밖에 없었다. 더구나 남편이 가끔씩 홀로 밤하늘을 바라볼 때마다 공손란은 마음이 아파왔다.

그녀는 수현의 그런 모습을 고향이 그리워서라고 생각했다. 그래서 어떻게든 아이를 가지고 싶어 했다. 그러나 마음처럼 아이는 쉽게 생기지가 않았다.

후한 시대는 농경사회였다.

농업은 노동집약적 산업이고, 당연히 자식들도 부모를 도와 농사를 지었다.

그런 사회적 배경이 깔려 있는 후한 시대에 여자가 결혼을 하고도 아이를 낳지 못한다는 것은 곧 노동력을 제공하지 못하는 심각한 문제였다. 만약 결혼한 여자가 아이를 낳지 못하면 첩을 들여도 지켜볼 수밖에 없었다.

그 때문에 내내 불안했던 공손란은 화타를 청해 진찰을 받기로 하였다.

그녀는 유모가 지켜보는 와중에 진찰을 받았고, 맥을 짚는 화타를 초조한 심정으로 바라보았다.

한참이나 지그시 눈을 감고 진맥을 하던 화타가 손을 놓으며 물었다.

"대부인."

"예, 원화 선생님."

화타는 몇 가지 문진을 공손란에게 하더니 확신에 찬 표정으로 말했다.

“대부인. 진심으로 감축드립니다. 회임이십니다.”

“예?! 저, 정말이세요!”

“이제 초기입니다. 한동안은 몸을 함부로 움직이시지 마시고 안정을 취하세요. 초기에는 유산이 될 수 있습니다.”

“아가씨!”

유모가 눈물을 흘릴 것처럼 기뻐하였고, 공손란은 두 손으로 입가를 가리다가 자신도 모르게 눈물이 고여 들었다.

공손란과 유모의 그런 모습을 보기 좋은 미소로 바라보던 화타가 입을 열었다.

“돌아가서 임신에 좋은 탕약을 보내 드리겠습니다. 그리고 안정이 될 때까지 제 제자 은서로 하여금 보살펴 드리라고 하겠습니다.”

“감사합니다, 선생님.”

“그럼 다음에 다시 들리겠습니다.”

화타는 의구를 정리하더니 내당을 나갔다.

그러자 유모가 상기된 표정으로 공손란의 손을 힘껏 붙잡았다.

“아가씨, 장하십니다. 이젠 되었습니다.”

그동안 아무런 말을 못 했지만, 유모 또한 공손란처럼 내심 아이가 생기지 않아서 초조하고 불안하였다. 그런데 그토록 기다렸던 회임을 했다는 말에 그동안의 마음고생이 모두 날아가는 것만 같았다.

그 때문에 유모의 볼을 타고 눈물이 흘러내렸다.

"고마워, 유모."

공손란도 유모의 마음을 알기에 손을 붙잡으며 바라보았다. 두 사람은 만감이 교차하는 듯 한참이나 붙잡은 손을 놓지 않았다.

시간이 흐르고 서서히 안정을 되찾은 유모가 소매에서 손수건을 꺼내더니 눈물을 훔쳐내며 말했다.

"이제 당당하게 태수님을 볼 수 있겠습니다."

"상공께서 기뻐하시겠지?"

"당연하지요, 태수님은 일가친척 하나 없는 분이십니다. 그러니 다른 사람보다도 몇 배나 기뻐하실 겁니다."

"그럼 상공께 가서 알려 드릴까?"

"아이고! 아가씨! 초기에는 몸을 함부로 움직이지 말라는 선생님의 말씀을 벌써 잊으셨습니까. 어서 침상으로 가서 누우세요."

유모가 공손란을 이끌고 침상으로 가서 조심스럽게 눕히자, 공손란은 머뭇거리다 심중을 밝혔다.

"유모, 아들이어야 하는데."

"딸이라면 서운하세요?"

"상공의 가문이 왕가라는 것을 유모도 알잖아."

"당연히 아들입니다. 그러니 편하게 계세요."

마치 유모는 태중의 아이를 본 것처럼 확신에 찬 말을 했다.

공손란은 지나가는 말이라는 것을 알면서도, 그런 유모 덕분에 불안감이 사라지는 기분이었다.

제8장

북해(北海) 공략下

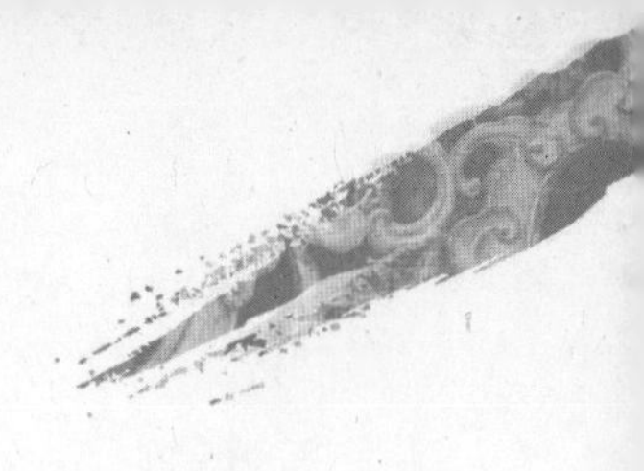

그날 저녁, 관사로 돌아온 수현은 뜻밖의 소식에 놀라워하며 기뻐했다.

공손란이 내심 기다렸던 아이를 가졌다고 말하자 그는 정말이지 하늘을 날아갈 것만 같았다.

그렇게 수현에게 아빠가 되는 선물을 안겨준 뜻깊은 시간도 지나가고, 다시금 평범한 일상을 보내던 중이었다.

며칠 후.

평소처럼 자신의 집무실에서 업무를 보고 있던 수현에게 조운이 찾아왔다.

"형님."

"들어오게."

그는 들고 있던 보고문을 서탁 한편으로 치우고 문을 바라보았고, 이내 조운이 안으로 들어오더니 살짝 고개를 숙여 보였다.

"황숙께서 보낸 장인들이 조금 전에 도착하였습니다."

"오! 드디어 왔군!"

수현이 계에서 보낸 장인들을 이렇게 학수고대하며 기다리는 이유는 얼마 전에 받은 유우의 서신 때문이었다.

유우는 서신을 통해 장인들을 보낸다고 알려왔다. 그런데 놀랍게도 그 장인들을 이끌고 요동으로 오는 자가 장합이라고 하였다.

처음 서신에서 장합이라는 이름을 보았을 때만 하더라도 같은 이름을 가진 자로 여겼다. 그러나 장합이 기주자사 한복의 휘하에서 하급 군관으로 있었다는 글을 보고는 확신하게 되었다.

그때부터 수현은 이제나저제나 장합이 오기만을 기다렸다. 그러던 중에 마침내 기다렸던 장합이 도착한 것이다.

"장인들을 이끌고 온 자가 형님께 서신을 전해왔습니다."

"할아버님의 서신인가?"

수현은 조운이 내미는 서신을 받아 천천히 읽어갔다.

장인들을 이끌고 간다는 장합을 소개하는 유우의 서신을 읽어가던 그는 경악하였다.

일전에 유우가 전령을 통해서 전해온 내용은 단순히 장합이 장인들과 함께 요동으로 간다는 것뿐이었다.

그런데 방금 전해 받은 서신에는 유우가 장합을 거두었다는 내용이 들어 있었다.

유우가 굳이 이렇게 두 번이나 서신을 보내게 된 이유는 단순했다. 유우는 장합이 직접 손녀사위를 보고 판단을 해보라는 뜻으로 이처럼 두 번의 서신을 보낸 것이었다.

그런 것을 알지 못하는 수현은 서신의 내용에 놀라기만 한다.

'세상에 장합을 할아버님께서 거두셨다니!'

놀라는 것도 잠시, 그는 서신을 서탁에 내려두고는 자리에서 벌떡 일어나 조운에게 물었다.

"자룡, 서신을 가져온 자가 어디에 있나?"

"부중 밖에서 대기하고 있습니다."

"함께 가서 만나보세."

"형님, 그자를 오라고 하면 될 일입니다. 굳이 가실 필요가 있겠습니까?"

"아니네, 나를 위해 인재를 보내주신 할아버님의 깊은 뜻을 무시해서는 아니 되네. 내가 가서 맞이하는 것이 옳네."

"형님이 직접 맞이할 정도로 그자가 그렇게나 대단한 사람입니까?"

"할아버님의 서신에는 그리 적혀 있네. 어서 따라오게."

그러면서 수현은 집무실을 나가 황급히 부중으로 향했다.

조운은 대체 서신을 가져온 자가 누구이기에 의형이 저렇게나 들떴나 싶었다.

한편, 요동태수부의 정문 앞.

수현이 부중의 뜰에 도착하자 장인들과 함께 있는 장합을 볼 수가 있었다.

장인들의 인명부를 작성 중이던 태사자가 수현을 보고는 장합을 이끌고 다가갔다. 그리고 수현 앞에 도착하자 장합에게 그를 소개했다.

"인사드리게, 태수님이시네."

"인사는 여유가 있을 때 받는 것으로 하지, 그보다 저들이 계에서 온 장인들인가?"

"예, 주공. 모두 오십둘입니다."

"자의, 먼 길 온 장인들에게 숙소를 내어주게."

"예, 그렇게 하겠습니다."

"장합이라고 하였지? 자네는 따라오게."

그러면서 수현은 먼저 조당으로 향했다.

장합은 황숙 유우가 입이 마르도록 칭찬하였던 요동태수를 직접 보게 되자 긴장이 되었고, 그런 마음을 안고서 뒤따라갔다.

앞서가는 수현은 도무지 이런 사실이 믿기지가 않았다.

'장합이라니! 장합이 할아버님을 섬기게 되었다니!'

그는 정말이지 이런 일을 상상조차 하지 않았다.

태수가 된 후로 언제나 인재가 부족하다고 생각하던 중에 장합이라는 대단한 무장이 나타났으니 그 기쁨은 말로 표현하기가 힘들 정도였다. 더구나 장합이라면 제갈량마저도 경계할 정도로 문무를 겸비한 지장(知將)이라는 것이 더욱 마음에 들었다.

'읍참마속이라는 고사의 주인공을 내 눈으로 보게 되다니……'

그는 두근거리는 심정으로 조당에 도착하여 자리에 앉았고, 뒤따라온 장합이 정중하게 예를 올렸다.

"태수님, 저는 얼마 전에 황숙을 섬기게 된 장합이라고 합니다. 황숙의 명을 받아 요동으로 파견을 나오게 되었습니다."

"할아버님의 서신을 보았네. 먼 길에 수고가 많았네."

"저뿐만이 아니라 모든 장인들이 고생을 하였습니다. 급한 일이 아니시라면 지쳐 있는 장인들이 회복할 수 있게 며칠 말미를 주시기를 청합니다."

"그것은 걱정하지 않아도 되네. 자네를 포함하여 충분한 휴식을 줄 것이니 그렇게 알게."

"감사합니다, 태수님."

수현은 기골이 장대하고, 멋스럽게 수염을 기른 장합을 보며 내심 감탄했다.

장합은 요동태수가 찰나의 고민조차도 없이 자신의 뜻을 받아주자 적잖이 놀랐다. 그러다 보니 한때 자신이 상관으로 모셨던 기주자사 한복이 떠올랐다.

한복은 다른 이들의 의견 따위는 안중에도 없는 위인이었다. 그러니 모두가 반대하는 원소를 불러들였다. 오늘 처음 본 것이라 아직은 정확히는 모르지만, 요동태수가 한복과는 다른 인물이라는 첫인상을 받게 된 장합이었다.

* * *

다음 날, 이른 아침.

앞으로 양평성의 태수부 객청에서 머물게 된 장합이었다.

태수부를 방문하는 귀빈들을 위해 마련되어 있는 객청이었지만 실상은 그리 화려하지 않았다. 화려함으로 따지자면 성내에 존재하는 객잔이 더할 것이었다.

장합은 요동군의 상부 기관인 유주에서 파견을 나온 정식 관원이라는 신분이기 때문에 작은 규모의 객청과 하인 둘을 배정받았다.

먼 길을 와서 피곤할 법도 하겠지만 장합은 새벽닭이 울자 잠자리에서 일어났다. 그러고는 객청 중앙에 있는 커다란 쇠로 만들어진 물건이 있는 곳으로 걸어갔다.

"난로라고 하였던가……."

본격적으로 겨울로 들어선 요동이라 아침저녁으로는 날이 매우 추웠다.

그는 한기를 막기 위해 두툼한 두루마기를 걸친 모습으로 난로 옆에 있는 작은 부삽을 집어 들었다.

그러더니 어제 하인들이 알려준 것처럼, 난로 옆 바구니에 있는 석탄을 삽으로 떴다. 그러고는 난로의 정면에 있는 투입구를 열어젖혔다. 그러자 곧 꺼질 것같이 희미하게 타오르고 있는 석탄이 보였다.

이내 두어 번 석탄을 넣었고, 대장간에서 흔하게 볼 수 있는 작은 풀무를 집어 들었다.

푸쉬!

푸슈!

손으로 풀무를 움직일 때마다 이상한 소리가 들리면서 바람이 뿜어져 나왔다. 그렇게 몇 번 풀무질을 하고 나자 석탄에 불이 옮겨 붙었다.

그렇게 꺼져가는 불씨를 살리더니, 난로의 투입구 덮개를 닫고는 옆에 앉았다.

“저건 연통이라고 하였지…….”

장합은 난로에 연결되어 있는 어른 팔뚝보다도 굵은 대나무를 보며 그처럼 중얼거렸다.

연통을 따라 자연스럽게 허공으로 눈길이 움직였고, 이내 건물 밖으로 빠져나간 것을 보게 되었다.

“이걸 태수란 사람이 만들었다니… 놀랍군.”

장합은 요동에 이처럼 뛰어난 난방 기구가 있다는 것에 너무나 놀라고 말았다. 자신이 알기로 다른 지역에 이런 난방 기구가 있다는 소리를 들어본 적이 없었다.

장합이 그처럼 감상에 빠져 있을 때였다.

“장 공자님, 기침하셨는지요.”

문밖에서 사내의 음성이 들려오자 그는 자리에서 일어나며 답을 했다.

“들어오게.”

문이 열리면서 어제 보았던 하인이 들어오더니 공손히 인사를 했다.

“무슨 일인가?”

“태수님의 전언입니다. 공주 전하께 문후를 여쭈러 가야 하니 차비를 하시랍니다.”

‘아! 여기에 공주 전하께서 있다고 하였지.’

장합은 어제 태수에게서 들었던 기억을 떠올리며 그 하인에게 물었다.

"어디로 가면 되는 것인가?"

"부중의 후원으로 오시랍니다."

"후원으로? 알았다."

장합은 어제 요동에 도착하고 태수 수현이 하였던 말에 경악할 정도로 놀라고 말았다.

역적 동탁의 손에 죽은 홍농왕이었다. 그런데 왕과 함께 죽은 것으로 알려져 있었던 공주가 살아 있을 줄은 생각지도 못했다.

그런 내황공주가 살아 있다는 것만으로도 놀라운 일인데, 이곳 요동에 있다고 하니 도무지 무슨 일인지 가늠이 되지가 않았다.

그런데 더욱 놀라운 사실을 듣게 되었다.

내황공주를 흑산적들에게서 구해준 자가 태수의 의동생인 조운이라는 것을 듣게 된 것이었다. 거기에다 조운이 얼마 후면 내황공주와 혼인을 치르게 될 것이라는 말에 더욱 놀랐다.

그런 생각을 하면서 옷을 갈아입고, 하인의 안내를 받으며 태수부의 후원이 있는 곳으로 향하는 장합이었다.

태수부의 조당을 지나 안으로 들어가자 전각이 보였고, 그 근처에 모여 있는 사람들이 눈에 들어왔다.

장합을 발견한 태사자가 반갑게 그를 맞이했다.

"준예, 어서 오게."

장합은 조운과 답돈, 태사자가 기다리고 있는 것을 보고는 걸음을 빨리하여 다가갔다.

그러자 조운이 기다렸다는 듯이 말했다.

"자의 형님, 준예 공이 도착했으니 그만 가시지요."

"모두 저를 기다렸습니까?"

"자네는 초행이 아닌가. 어서 가세."

장합은 태사자가 아무리 연배가 높아도 함부로 자신을 부르는 것에 조금은 언짢았지만 내색은 하지 않았다. 자신은 어떻게 보면 굴러온 돌이라고 생각했다. 또한 태사자는 이미 혼인을 하였고, 자식까지 두었다.

그러니 아직 혼인조차 못한 자신이 그런 말을 해서 괜히 미운털이 박히고 싶지가 않았다.

장합이 그들과 함께 후원에 도착하자, 관복 차림의 수현이 기다리고 있는 것이 보였다.

수현과 함께 별채에 있는 내황공주를 찾아가는 그들이었다.

태수가 된 후로 수현은 내황공주의 거처를 가끔씩 찾아갔다. 그러나 이번처럼 정식으로 조운, 답돈, 태사자, 장합을 거느리고 방문하기는 처음이었다.

한겨울 이른 아침의 찬바람을 뚫고 별채에 도착하자, 전날 연락을 받은 덕분에 뜰에서 대기하던 하인들이 그들을 맞이했다.

하인들을 지나쳐 별채 문 앞에 도착하자 수현이 조심스럽게 말했다.

"공주 전하, 요동태수입니다."

덜컹!

마치 기다렸다는 듯이 별채의 문이 열리더니 시비 둘이 나와 수현에게 공손히 인사를 했다.

"전하께옵서 들어오시라 합니다."

"들어가세."

수현이 앞장서 안으로 들어가자 함께 온 사람들도 조심스럽게 뒤따라 들어갔다.

예전에 수현이 신혼 살림을 차렸던 별채는 수리를 끝낸 상태였고, 작은 응접실이 마련되어 있었다.

내황공주가 안으로 들어오는 수현을 보며 반갑게 맞이했다.

"형부, 어서 오세요."

"공주 전하, 간밤에 평안하셨는지요."

"덕분에 편히 쉬었습니다."

그러자 수현이 뒤편에 있는 장합을 가리키며 말했다.

"공주 전하, 저쪽은 이번에 할아버님께서 등용한 장합이라고 합니다. 자는 준예를 쓰고 있습니다."

그러자 장합이 내황공주에게 공손히 예를 올린다.

"할아버님께서 거두셨다면 뛰어난 인재이겠군요."

"아닙니다, 소인은 아직 많이 부족합니다."

"겸양의 말은 하지 않아도 됩니다. 이렇게 경을 직접 보니 빼어난 인물이라는 것을 알겠습니다. 앞으로 요동의 태수이신 형부를 많이 도와주시기를 부탁합니다."

"성심을 다하겠습니다."

그러자 내황공주가 이번에는 수현을 바라보며 말한다.

"일간에 형부께서 흠차관이 되셨다고 들었습니다, 감축드립니다."

"황감하옵니다."

"그것을 가져오너라."

내황공주의 지시에 쟁반을 들고 한쪽에서 시립하고 있었던 시비가 다가왔다.

그러더니 수현 앞에 있는 서탁에 조심스럽게 내려두었다.

수현은 쟁반에 있는 곤봉처럼 생긴 것을 보고는 뭔가 싶어 내황공주를 바라보며 물었다.

"공주 전하, 이게 무엇인지요?"

"황실의 예법에 따르면, 공이 큰 고위 대신에게 구석을 하사

한다고 하였습니다. 이렇게 제가 목숨을 부지한 것은 모두 형부께서 도와주신 덕분이니 그 공이 어찌 작다 할 수가 있겠습니까. 비록 제가 천자를 대신하여 흠차관이 되신 형부께 구석을 하사할 수는 없지만, 약소해도 나름 준비한 선물입니다."

구석(九錫)!

천자가 공로가 큰 제후와 대신에게 하사하였던 아홉 가지 물품을 일컫는 말로, 거마(車馬), 의복(依伏), 악칙(樂則), 주호(朱戶), 납폐(納陛), 호분(虎賁), 궁시(弓矢), 부월(鈇鉞), 울창주(鬱鬯酒)였다.

수현은 그런 말에 쟁반에 있는 붉은색의 곤봉을 집어 들었다.

기장은 성인의 팔 길이 정도였고, 붉은 바탕에 육각의 형태였다. 그리고 손잡이 부분은 미끄러짐을 방지하기 위해 가죽으로 덧씌웠다. 손잡이 끝에는 용두가 멋스럽게 조각이 되어 있었고, 용이 물고 있는 여의주에 구멍을 뚫어 붉은색 수실로 마감을 하였다.

'이거 육모 방망이랑 비슷하게 생겼네…….'

"그것은 사령봉이라고 합니다. 앞으로 천자를 대신하는 흠차관이 되어 선정을 베풀기를 바라는 제 뜻이 담긴 것입니다."

그런 말에 수현은 사령봉을 양손으로 공손히 받쳐 들더니 내황공주에게 예를 올렸다.

"전하의 높으신 뜻을 언제나 제 마음속에 새겨두도록 하겠습니다."

"모두 들으세요!"

내황공주가 위엄 어린 말투로 모두들 바라보며 소리쳤다.

이제 겨우 십대 중반의 어린 내황공주였지만, 황실에서 자란 공주답게 자연스럽게 위엄이 느껴졌다.

그러자 조운, 태사자, 답돈, 장합이 그런 내황공주에게 허리를 숙여 보였다.

"역적 동탁이 국정을 농단하여 부득이하게 황숙이신 할아버님께서 요동태수 수현을 흠차관에 임명하였다. 황실의 예법에 따르면 천자의 호칭은 폐하, 왕족은 전하, 장군은 휘하, 고위 관원은 각하로 칭한다 하였다. 이에 신임 흠차관의 호칭을 각하로 할 것이니 그대들은 유념하여 따르도록 하라!"

"예, 공주 전하."

모두들 일제히 답을 하자 입가에 미소를 머금는 내황공주였다.

그 후로 짧은 담소가 이어지다가 모두들 내황공주의 거처를 나오게 되었다.

수현은 길을 걷던 중에 장합을 불렀다.

"준예는 당분간 쉬게. 여독이 풀리면 그때 등청하게."

“아닙니다, 간밤에 푹 쉬었더니 이제는 괜찮아졌습니다. 곧 바로 등청하겠습니다.”

“그럼 앞으로 며칠 동안은 조회만 참석하게. 사람이 쉴 때는 쉬어야 하는 법이네.”

“그리하겠습니다, 각하.”

수현은 장합이 그처럼 호칭을 해오자 어색하였지만 시간이 지나면 적응이 될 것이라고 생각했다. 그러면서 내황공주에게서 하사받은 사령봉에 힘을 주었다.

*　　*　　*

수개월 후, 191년 초평(初平) 2년.

겨우내 맹위를 떨쳤던 동장군도 세월의 흐름 앞에서는 어쩔 수 없는지 물러갔다.

봄이 다가오자 요동은 다시금 꿈틀거리기 시작했다.

요동태수 겸 흠차관 진수현은 봄이 오자 북해를 공략하기 위한 계획을 재점검하였고, 그 계획을 바탕으로 북해로 떠날 준비는 차질 없이 진행되어 갔다.

그리고 마침내 오늘 북해로 향하는 대장정에 오르게 되었다.

요동만 선착장에는 번쩍거리는 철제 갑옷과 투구로 차려입은 수백의 병사들이 질서 정연한 모습으로 도열한 상태였다.

잠시 후 갑옷을 입고, 투구를 옆구리에 끼고 걸어오는 수현이 보였다. 그의 손에는 내황공주에게서 하사받은 사령봉이 들려 있었다. 또한 수현의 시종 이평이 애검 청운검을 품에 안은 채로 그의 뒤를 따라 움직였다.

오늘을 위해 준비된 배는 모두 열 척에 달했다.

병력이 탑승할 세운선은 7척이었고, 새로이 건조되어 보급품을 실은 3척이 북해로 떠날 준비를 끝낸 상태였다. 이날 북해로 떠나는 병력은 모두 450명이었고, 선원들까지 합세를 하면 무려 7백에 가까운 수였다.

수현은 출발에 앞서 병사들에게 짧은 연설을 하였고, 도위 조운에게 걸어가더니 낮은 소리로 지시를 내렸다.

"도위, 모두 승선하라고 하게."

"예, 각하! 전원 승선하라!"

둥! 둥!

둥… 둥!

"승선하라!"

"승선하라!"

조운의 지시가 떨어지자, 승선을 알리는 북소리가 울려 퍼졌다.

하급 군관들은 병사들에게 소리치며 승선을 독려하였고,

도열하고 있었던 병사들이 질서 정연하게 배에 오르기 시작하였다.

수현은 '흠차관 진수현'이라고 쓰여 있는 커다란 깃발이 걸린 기함에 올랐다. 그러자 조운, 장합, 태사자가 그를 따라 배에 올랐다.

그리고 세 장수의 뒤를 이번에 함께 북해로 가기로 결정된 화타와 그의 제자 고은서가 배에 올랐다.

수현은 지난날 화타가 고구려에서 데려온 50여 명이 의술을 수련한다는 것을 알게 되었다. 그런 사실을 접하자 그들의 학업을 위해 성내에서 한적한 곳에 부지를 제공하고, 그곳에 학교를 짓도록 하였다.

건물이 완공되자 수현은 '요동의료학교'라는 현판을 하사하였고, 교장으로 화타를 임명했다.

또한 환자들을 진료하는 건물에는 '혜민각'이라는 현판을 내려보냈다.

그렇게 후한 시대 최초의 전문 의료 교육 기관이 요동에 개설되었다.

그런 도움을 받은 화타는 수현이 북해로 간다는 소식을 접하자 따라나서겠다고 부탁을 해왔다.

그러지 않아도 의원이 필요했던 수현은 흔쾌히 승낙을 하였다. 그에 화타는 북해로 가는 인원 3명을 선발하였고, 그중에는 당연히 애제자 고은서가 있었다.

그렇게 요동만을 출발한 수현의 선단은 별다른 일 없이 북해로 향하고 있었다.

북해로 가는 동안 수현은 공손란이 떠올라 미안하기만 하였다.

임신 중인 공손란을 두고 북해에 가려는 것이 못내 미안하였지만, 어쩔 수 없다는 것을 알기에 그녀와 작별을 해야만 했다. 그래도 아이가 태어날 쯤에는 요동으로 돌아올 수 있을 거라고 확신하였다.

* * *

한편, 수현이 요동에서 출발한 그 무렵의 일이었다.

양주(楊州)의 주도 합비(合肥).

주도답게 합비는 많은 사람들로 붐볐다. 특히 합비는 장강을 끼고 발전한 장강무역의 중심 도시였고, 그 때문에 해운업이 상당히 발전한 대도시였다.

번잡하고, 시끄러운 합비의 항구에 이제 20대 초반으로 보이는 두 청년이 말을 탄 채로 나타났다. 한눈에 보아도 평범한 신분이 아니라는 것을 보여주는 듯 한 명은 가죽 갑옷 차림이었고, 다른 청년은 비단옷 차림이었다.

그리고 그 뒤에는 한 대의 마차가 움직였다. 마차 곁에는 두 청년을 호위하는 무사들로 보이는 다섯 명의 사내들이 함께 움직이고 있었다.

따각!

따각!

여유롭게 백마를 몰아가고, 머리에는 금으로 장식한 관(冠)을 쓴 젊은 청년의 차림은 마치 전장이라도 나가는 듯한 모습이었다. 가죽으로 만든 갑옷에 안장에는 칼까지 걸려 있었다.

합비 항구를 잠시 바라보던 그 청년이 곁에서 나란히 말을 몰아가고 있는 동행에게 물었다.

"자경(노숙의 자), 정말 원화 선생님이 계시는 곳이 요동인가?"

"자양(유엽의 자), 몇 번을 말하는가. 그분께서 내게 서신을 보내왔다네. 그분이 요동에서 중요한 약초를 구한다고 하였으니 틀림없을 것이네."

"그럼 다행이고. 그보다 할머님께서 뱃길을 견뎌내실지가 걱정이네."

"나도 그게 걱정이지만 지금으로서는 별다른 수가 없지 않나."

가죽으로 만든 갑옷 차림의 유엽과 달리 노숙은 전형적인 유생들이 즐겨 입는 차림새였다.

유엽은 광무제의 서자 부릉질왕(阜陵質王) 유연(劉延)의 후손이었다.

그는 어렸을 때 부친의 시비를 죽여 달라는 어머니의 유언을 받들어 시비를 죽였을 만큼 보통내기가 아니었다. 시비를 죽인 그때의 나이가 고작 열셋이었고, 그 일로 그는 부친을 떠나 평소 친분이 있었던 노숙을 찾아가게 되었다.

노숙은 어릴 적에 부친을 여의고 조모와 함께 살았다.

집안이 부유하여 사람들에게 베푸는 것을 좋아했고, 재물을 풀어 가난한 자를 구휼하고 사람 사귀는 것을 좋아했다. 특히 몇 년간이나 자신의 집에서 지내던 유엽과는 막역한 관계였다.

그러다 몇 년 전에 조모가 병에 들자 화타에게 청해 치료를 받게 하였다.

그런데 올해(191년) 또다시 조모의 병환이 재발하였다. 이에 유엽은 작년에 요동에 있다고 알려온 화타의 서신만을 믿고 이처럼 그를 찾아 나선 것이다.

고향을 떠나온 지가 달포가 넘었지만, 이제 합비에서 배를 이용해서 요동으로 가면 된다고 생각하는 노숙이었다.

유엽은 합비 항구로 가는 내내 답답하기만 하였다.

당초 계획은 노숙의 조모를 위해 청주를 지나 육로를 통해 요동으로 가려고 하였다. 그런데 청주 지역에 황건적의 잔당들이 모여 있다는 소식을 접하게 되었다. 그 소식에 부득이하게 배를 이용하여 요동으로 가기로 계획을 변경하였다.

유엽은 그 때문에 친우 노숙의 조모가 걱정이 되었다.

한 달 전도 아니고, 무려 일 년이나 지난 시기에 받은 서신만 믿고 요동으로 가겠다고 하니 어떻게든 친우를 말리고 싶었다. 하지만 친우의 조모였고, 병환으로 불행한 일이라도 생길까 봐 차마 아무런 말을 할 수가 없었다.

유엽은 고개를 돌려 친우 노숙의 조모가 타고 있는 마차를 바라보다가 애써 그런 불안감을 떨쳐내며 항구에 들어섰다.

노숙의 일행은 전날 약속을 하였던 항구 근처에 있는 객잔으로 들어선다.

객잔 안에는 뱃사람으로 보이는 사내들이 보였고, 노숙과 유엽을 호기심 어린 눈빛으로 바라보았다.

"어서 오세요! 엇! 어제 오신 분이시네요."

객잔 입구를 지키고 있던 열서넛 정도로 보이는 점원이 노숙과 유엽을 보고는 반갑게 맞이했다.

"점주님을 뵙고 싶은데."

"잠시만 기다리세요."

노숙의 말에 그 점원 아이가 재빨리 객잔의 후원으로 사라져 갔다.

입구 근처에서 잠시 기다리자, 후원으로 연결된 문이 열리더니 어제 계약을 하였던 객잔의 점주가 들어왔다.

이제 40대 중반으로 보이는 그 점주는 노숙을 보자 반갑게 맞이했다.

"아! 자경 공! 어서 오시오!"

"배는 준비되었습니까?"

그 말에 무슨 이유 때문인지 점주의 표정이 변해갔다.

노숙은 순간 점주의 표정 변화를 보고는 불길한 생각이 일어났다.

"선주를 오라고 할 것이니 잠시만 기다려 주시오."

"그게 무슨 말입니까? 분명 어제는 배를 사용할 수 있다고 하지 않았습니까? 이미 선금까지 지불하였지 않았습니까?"

"휴우! 나도 그때는 당연히 배를 띄울 수 있을 것으로 생각을 하였다네. 그런데 돌아가는 상황이 여의치가 않다네."

"그게 무슨 뜻입니까?"

"자세한 내막은 선주가 오면 직접 들어보게. 꼬맹아!"

점주의 부름에 객잔 입구를 지키고 있던 사내아이가 재빨리 돌아보며 답을 했다.

"예, 점주님."

"가서 감 선주를 모셔오너라. 계약자가 나타났다고 하면 알 것이다.”

“예. 다녀오겠습니다.”

점주의 지시를 받은 그 사내아이는 재빨리 달려 나갔다.

“그렇게 있지 마시고 자리에 앉아서 차라도 드시고 계시오.”

그러자 유엽과 노숙은 자리에 앉아서 기다렸고, 두 사람을 호위하는 무사들은 날카로운 눈빛을 내뿜으며 주변을 경계했다.

객잔의 다른 점원이 두 사람에게 차를 준비해 주었다.

그렇게 얼마나 시간이 지났을까?

노숙은 갑자기 이상한 소리를 듣게 된다.

‘이게 무슨 소리지…….’

그 이상한 소리는 시간이 지나자 점점 또렷하게 들려왔다.

딸랑, 딸랑!

딸랑, 딸랑!

문밖에서 선명한 방울 소리가 들려오자 점주가 자리에서 일어나며 말했다.

“선주가 왔나 보네.”

그 말에 노숙과 유엽은 문이 있는 곳을 바라보았다.

잠시 후 문이 열리자 이제 30대 후반으로 보이는 사내가 안으로 들어왔다.

그 사내는 비단옷 차림이었는데, 입고 있는 옷이 작아서 터질 것처럼 대단한 근육질의 소유자였다. 그리고 독특하게도 사내의 허리에는 커다란 방울이 매달려 있었다.

객잔의 점주가 그 사내에게 공손하게 말한다.

“홍패(감녕의 자), 이들이 어제 계약을 하고 갔던 사람들이네. 아무래도 자네가 직접 설명을 해야만 할 것 같아서 오라고 하였네.”

“알겠습니다, 두 분 자리에 앉으시오.”

노숙과 유엽은 기골이 장대한 그 사내를 보고는 보통 인물이 아니란 생각이 들었다.

모두들 자리에 앉자 감녕이 서탁에 놓여 있는 찻잔을 보더니 인상을 찌푸리며 말했다.

“이보시오, 점주. 사내가 무슨 차를 마십니까. 어이! 너! 가서 술을 내오너라.”

“예.”

감녕의 말에 점원이 재빨리 자리를 떴다.

감녕!

익주 출신의 감녕은 20여 년 동안이나 파락호로 지냈다.

그러나 말을 좋게 해서 파락호였지, 실상은 고향에서 개차반 같은 인생을 살아온 위인이었다.

그러다 감녕은 고향에서 또래의 청년들을 규합해서 자경단을 조직했다. 말이 자경단이지 감녕은 자신의 비위에 거슬리는 자가 있으면 가차 없이 죽여 버렸다.

사람 죽이는 것을 즐겨 하던 포악한 성격의 감녕은 고향에서 온갖 패악을 일삼다가 결국에는 반란을 일으키게 되었다.

반란 초반에는 성공하는 듯했지만, 끝내 진압이 되어 형주로 야반도주하였다.

그 후 감녕은 형주의 유표를 섬겼지만, 유표는 감녕의 악행이 부담스러워 그를 중용하지 않았다. 그러자 감녕은 유표를 떠나 장강을 따라 방랑 생활을 하게 되었고, 이렇게 합비까지 흘러들어 오게 되었다.

그런데 어느 날 자신의 처지를 깨우친 감녕은 이후부터 개과천선을 하였고, 시간이 날 때마다 학문을 익히기에 힘을 쓰게 되었다.

그 후에 다시 유표의 부하 황조의 밑으로 들어가게 되는 감녕이었지만, 191년 이때에는 그저 장강 일대에서 배로 물품을 실어 나르는 장사치에 불과했다.

술상이 차려지고, 감녕이 단숨에 마신 후에 잔을 내려놓으면서 노숙, 유엽 두 사람을 보며 물었다.

"요동으로 간다고 한 거 같은데?"

"그렇습니다, 조모님께서 병환 중인지라 한시가 급합니다."

"자네들은 혹여 청주 지역에 황건적이 출몰했다는 소식을 들었는가?"

"듣기는 하였습니다."

"그 때문에 요즘 청주 지역으로 가려는 배가 없다네. 무슨 일을 당할지 모르는데 그곳으로 가려고 하겠나."

"그런데 청주 지역을 들려야 하는 것입니까? 곧바로 요동으로 가면 안 되는 것입니까?"

노숙의 그런 물음에 유엽도 궁금하여 감녕의 답을 기다렸다.

감녕은 그런 두 사람의 마음은 몰라주고 또다시 술을 마시더니 입을 열었다.

"여기서 청주의 북해로 가서 식수를 보급받아야만 한다네. 그런데 청주 지역에 황건적의 잔당들이 출몰하니 다들 가지 않으려고 하지. 또한 해적 놈들이 기승을 부르기도 한다네."

"해적이라니요?"

노숙은 처음 듣는 말이라 놀란 표정을 보이며 물었다.

"자네들이 아는지 모르겠지만 진란이라는 놈이 있네. 수만이나 되는 해적을 거느리고, 이 일대를 주름잡는 해적으로 유명한 놈이네."

"그 말은 해적이 두려워 배를 띄울 수 없다는 말이오!"

지금까지 노숙의 곁에서 묵묵히 있었던 유엽이 소리쳤다.

감녕은 잘 차려입고 손에는 칼까지 들고 있는 유엽이 강단은 있어 보였지만, 세상 물정 모르는 철부지처럼 여겨졌다.

"보아하니 이제 겨우 약관인 것 같은데, 자네는 해적을 만나면 싸울 것인가?"

"당연한 일을 물으시오!"

"해적들에게 통행세를 내면 간단히 끝날 일인데도 싸울 것인가?"

"그, 그거야……."

감녕의 물음에 유엽은 답을 못했다.

유엽은 훗날 조조를 섬기게 된 후 뛰어난 활약을 하겠지만, 지금은 이제 겨우 약관의 나이였다. 그러기에 아직은 많이 배우고, 다듬어야만 했다.

'할머님이 계시는데…….'

유엽은 감녕의 그런 말을 듣게 되자 자신이 현실을 제대로 파악하지 못했다고 자책했다. 해적들과 싸우는 것은 쉽지만 과연 그런 와중에 친우 노숙의 조모를 지켜낼 수 있을지 장담을 할 수 없다고 생각했다.

"그럼 해적들에게 통행세를 내자는 뜻입니까?"

"자네는 내 말을 알아듣는군. 맞네. 그리고 통행세에는 당연히 선원들의 몫도 필요하니 어떻게 할지 결정을 하게."

노숙은 그 말에 유엽을 바라보며 묻는다.

"자양, 그리하는 것이 좋을 것 같네만 어떠한가?"

"알았네. 지금은 한시라도 빨리 요동으로 가야겠지."

노숙은 감녕을 바라보며 왜 요동으로 가야 하는지를 다시금 자세히 설명했다.

감녕은 환자가 있다는 말에 꺼림칙하기는 했지만, 청주 지역에 나타난 황건적들 때문에 일감이 없는 상황이라 계약을 하기로 결심을 하며 말했다.

"환자가 있어 급하다 하여도 단번에 천 리 길을 가지는 못하지. 그래도 육로보다는 빠를 것이니 안심하게."

"그럼 언제쯤에나 출발할 수 있습니까?"

"출발은 내일 아침에 할 것이네, 여정은 이곳 합비를 출발해서 북해로 갈 것이네. 그곳에서 하루를 쉬면서 식량과 식수를 보급받아야 하네. 나도 요동은 처음이라 연안을 따라 움직여야만 하네. 운이 좋아 북해에서 요동으로 가는 뱃길을 아는 자를 구한다면 시간은 단축이 되겠지."

"알겠습니다. 그럼 여기 객잔에서 머물고 있겠습니다."

"그럼 내일 해가 뜨기 전에 여기서 다시 만나는 것으로 하지."

그렇게 결정이 나자 노숙, 유엽 두 사람은 객잔에서 머물게 되었다.

*　　*　　*

며칠 후.

북해의 항구에 깔려 있는 엷은 해무(海霧)를 보게 되자 감녕은 그제야 긴장이 풀렸다.

뱃전에 나와 있는 노숙과 유엽도 북해에 무사히 도착했다는 것에 표정이 밝았다.

"자경(노숙의 자), 고생하였네."

"자네도 수고하였네."

유엽과 노숙은 입가에 미소를 머금는다.

북해까지 오는 동안 걱정이 되었던 해적을 만났지만, 감녕의 말처럼 통행세를 지불하자 무사히 지나게 되었다. 그러니 어쩌면 당연한 반응일지도 몰랐다.

그렇게 배가 선착장으로 들어서는데 곁에 있던 감녕이 중얼거리듯이 말했다.

"흠차관? 저런 관직이 있었나?"

감녕은 수현이 타고 온 뱃전에 '흠차관 진수현'이라고 쓰여 있는 깃발이 나부끼는 것을 보고는 그처럼 중얼거렸다.

수현의 선단도 도착한 지가 얼마 되지 않았는지 배에서 사람들이 분주하게 내리는 모습이었다.

그런 모습을 보고 유엽이 말한다.

"흠차관이라면 누군지 알겠소."

그러자 그를 바라보며 묻는 감녕이었다.

"흠차관이 누군지 아는가?"

"유주의 황숙을 아시오?"

"그분의 위명은 내 귀가 따갑도록 들었지. 원소가 두 번이나 황제에 추대했지만 모두 거절한 분이 아니신가. 원소가 영상서사에 오르라고 하자 마지못해 받아들였다고 하더군."

"저 배에 타고 있는 흠차관이 바로 황숙의 손녀사위가 되는 분이시오."

"그런가? 자네는 그것을 어찌 아는가?"

"어찌하다 보니 듣게 되었소."

감녕에게는 자신의 신분을 밝히지 않은 유엽이었다.

유엽이 흠차관 진수현을 알게 된 경위는 그가 한나라의 종친이라는 신분이기 때문이었다.

영상서사에 오른 황숙 유우는 수현을 흠차관에 임명하더니 각지의 관청에 그런 사실을 전하도록 하였다.

양주자사와 친분이 있는 유엽의 부친은 자사를 통해 그런 소식을 접하게 되었다. 그러자 그는 유엽의 형인 환을 통해 아들에게도 소식을 전해주었다.

어린 나이에 부친의 시비를 죽인 것 때문에 노숙의 집에서 지내고 있었던 유엽은 종종 자신을 찾아오는 형을 통해서 부친의 소식을 접하고 있었다.

그러기에 그는 비록 유주에서 멀리 떨어져 있었지만 정국이 어떻게 돌아가고 있는지는 파악을 하고 있었다.

그들이 타고 온 배가 선착장에 계류하고 얼마 되지 않아서였다.

"아니!"

갑자기 노숙이 소리치자 놀란 눈으로 그를 바라보는 유엽과 감녕이었다.

"원화 선생님!"

노숙이 배에서 내리는 화타를 발견하고는 크게 소리치며 다급하게 달려갔다.

그런 소리에 유엽도 놀라 그를 따라 달려갔다.

황급히 배에서 내리는 둘을 잠시 지켜보던 감녕은 호기심이 생겨 두 사람을 따라나서게 되었다.

*　　　*　　　*

한편, 수현은 배에서 내려 주변을 둘러보고 있었다.

북해의 항구는 생각했던 것보다 규모가 상당했다.

"이거 규모가 생각보다 크군."

"흠차관 각하, 북해는 황하와 연결되어 있습니다. 경성으로 오가는 배들이 여기서 물자를 보급받습니다. 그러다 보니 자연스럽게 해운업이 발달하였습니다."

"자의, 자네의 말이 맞는 것 같네. 이보게, 도위."

"예, 흠차관 각하."

"북해 관청에 전령을 보냈는가?"

"예, 조금 전에 전령을 보냈습니다. 잠시 기다리시면 각하를 영접하러 올 것입니다."

조운의 말에 수현은 가볍게 고개를 끄덕거리며 여유롭게 주변을 둘러보았다.

그렇게 수현이 북해 항구를 둘러보고 있는 순간이었다.

"원화 선생님! 선생님!"

갑자기 화타를 부르는 소리가 들려오자 수현을 비롯한 조운과 태사자, 장합이 고개를 돌려 바라보았다. 그러자 웬 사내가 다급하게 달려오는 것이 보였다.

"각하를 호위하라!"

수현의 경호를 책임지는 조운의 외침에 병사들이 재빨리 노숙을 가로막았다.

화타는 노숙을 보고는 놀라움을 감추지 못하고 수현에게 말했다.

"흠차관 각하, 제가 아는 이옵니다."

"길을 열어주어라."

그러자 노숙을 가로막았던 병사들이 길을 터주었고, 화타가 다가갔다.

"자경! 자네가 여기는 웬일인가?"

"선생님!"

수현은 화타가 젊은 청년을 만나는 것을 말없이 지켜보았다.

잠시 노숙에게서 그간의 사정을 들은 화타가 그와 함께 수현에게로 향했다.

그러자 수현은 화타가 다가오는 것을 지켜보다 물었다.

"원화 선생님, 그자는 누구입니까?"

"흠차관 각하, 이쪽은 제가 예전에 알게 된 이옵니다. 인사 올리시게, 흠차관 각하이시네."

그러자 노숙이 수현에게 공손히 인사를 했다.

"흠차관 각하, 소인은 양주 출신의 노숙이라고 합니다."

'뭐! 노숙!'

그 말에 수현은 놀라지 않을 수가 없었다.

지금이야 이제 겨우 약관의 청년이지만, 훗날 제갈량과 함께 적벽에서 조조를 물리친 오나라의 중신이 되는 그를 모를 리가 없었다.

하지만 수현은 마치 아무것도 모르는 것처럼 노숙을 대했다.

"반갑네, 그런데 저들도 자네의 일행인가?"

"그러하옵니다. 이보게. 자양, 인사 올리시게. 흠차관 각하이시네."

그러자 유엽과 감녕이 수현에게 다가가서는 공손히 인사를 했다.

"흠차관 각하를 뵙습니다. 저는 유엽이라고 합니다."

'헉! 유엽이라니!'

수현은 전혀 생각지도 못한 유엽까지 나타나자 더욱 놀라고 말았다.

조조가 원소와 격돌할 때 유엽은 '벽력차'라는 투석기를 개발했다. 원소의 병사들이 벽력차로 부르면서 두려워하였던 투석기를 만든 인물이 지금 수현에게 인사한 유엽이었다.

"혹시 황실과 관련이 있는가?"

"예, 저는 광무제의 아드님이신 유연 전하의 후손입니다."

"그럼 저 뒤에 있는 자는 누군가?"

그러자 이번에는 감녕이 수현에게 공손히 인사를 해왔다.

"흠차관 각하를 뵙습니다. 소인은 감녕이라 합니다."

'세상에, 오늘 무슨 날이야! 노숙 혼자만으로도 기절초풍하겠는데 유엽에 감녕이라니!'

겉으로는 드러내지 않았지만 수현은 그들 셋이 한꺼번에 나타나자 머리가 어지러울 정도였다. 그러면서도 저들 중에 한 명만이라도 자신이 등용을 한다면 엄청난 일이라고 생각하였다.

제9장

다가오는 전운(戰雲)

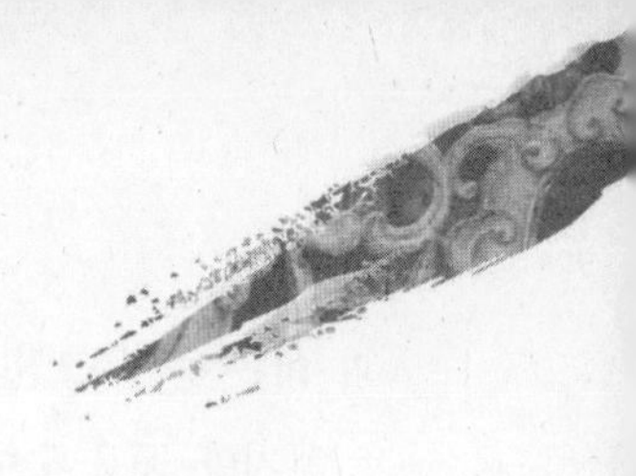

한편, 그 무렵 북해국.

국(國)의 최고 관리 상(相) 공융.

괴팍하고, 제멋에 사는 공융이라고 해서 무능력하지는 않았다. 비록 동탁에 의해 북해로 좌천을 당하기는 했지만, 그는 영내에 학교를 세우고 도덕성 회복을 장려하는 등 통치에 힘을 썼다.

그러나 공융은 갈수록 청주 지역에 황건적의 잔당들이 출몰하자 한시도 마음이 편하지 못했다.

오늘도 조당에서 황건적의 잔당들을 토벌하기 위해 속관들과 의논 중인 그였다.

하지만 공융이 아무리 황건적의 잔당을 토벌하려고 하여도 그 수가 너무나 많아 어찌해 볼 도리가 없었다. 그때 부중의 출입문을 지키는 군관 하나가 조당으로 들어왔다.

공융은 그 군관을 보며 물었다.

"무슨 일이냐?"

"항구에서 전령이 왔는데 이번에 임명된 흠차관의 서신을 가져왔습니다."

"가져오너라."

그러자 그 군관은 수현의 서신을 전해주고는 밖으로 나갔다.

공융은 얼마 전에 유주의 황숙 유우가 영상서사가 되었다는 것을 떠올리며 서신을 읽어갔다. 그는 짧은 내용의 서신을 읽고는 손소에게 전해주며 바라보았다.

서신을 받은 손소가 재빨리 읽더니 공융 앞에 있는 서탁에 올려두었다.

"이보게, 장서(손소의 자). 흠차관이라는 자가 왜 뜬금없이 여기로 왔다고 생각하는가?"

"서신에는 지방행정기관을 감찰하기 위함이라지만, 문제는 흠차관이 천자를 대신한다는 것입니다. 이는 쉽게 생각하실 일이 아니라고 여겨집니다."

"이거 불안하군. 그러지 않아도 요즘 황건적들이 수시로 출몰하여 골머리가 아픈데, 천자를 대신하는 막강한 권한이 있는 흠차관이라니…….”

공융이 느끼는 불안감을 손소를 비롯한 속관들도 느꼈다. 조당에는 고요한 정막이 흘렀고, 고민을 하던 공융이 자리에서 일어났다.

“장서, 흠차관을 영접하러 가세.”

“흠차관의 호칭을 각하로 한다고 하였다. 다들 언행에 각별히 유의하라!”

손소가 관리들에게 그처럼 주의를 주더니 공융을 따라 나갔고, 속관들도 일제히 그를 따라 항구로 향했다.

한편, 북해 항구에 있는 수현은 공융이 오기를 기다리고 있었다. 그러는 동안 그는 노숙이 왜 이곳에 나타났는지를 알게 되었다.

화타는 노숙의 조모를 치료할 수 있게 해달라고 요청을 해왔고, 그런 부탁에 수현은 말없이 생각에 잠겨들었다. 화타는 현재 흠차관을 따르는 군의(軍醫)와 같은 신분이기에 수현의 처분을 기다렸다.

한동안 말없이 고민을 하던 수현이 결정을 했는지 입을 열었다.

“원화 선생님.”

"예, 흠차관 각하."

"여기 항구 근처에 있는 객잔에서 머물면서 환자를 돌보도록 하세요."

"그리하겠습니다, 각하."

그러자 노숙이 수현을 향해 공손히 예를 올렸다.

"흠차관 각하, 이처럼 흔쾌히 허락을 해주시니 감사합니다."

"당연한 일이니 마음에 담아두지 말게. 원화 선생님, 가셔서 환자를 보시지요."

"예, 각하."

화타가 항구의 객잔으로 가는 것을 지켜보던 수현이 감녕을 부른다.

"이보게, 선주. 자네는 잠시 남게."

"예, 흠차관 각하."

공손히 답은 했지만 감녕은 내심 긴장이 되었다.

천자를 대신한다는 흠차관인지라, 아무리 세상 무서운 줄 모르고 살아온 감녕일지라도 손에 땀이 생길 정도로 긴장이 되었다.

"보아하니, 저들을 여기까지 태워준 것 같은데?"

"그러하옵니다. 계약이 끝났으니 저는 조만간 합비로 돌아갈 생각이옵니다."

'안 돼! 제 발로 찾아온 호박을 누구 좋으라고 돌려보내!'

그렇게 생각하면서 그는 다시 감녕에게 물었다.

"상선을 가지고 있는 것 같은데 취급하는 물품은 뭔가?"

"딱히 가리지는 않습니다."

"요즘 소금 시세가 얼마나 되는가?"

"지역마다 다른 것으로 알고 있습니다."

감녕은 흠차관이란 자가 갑자기 왜 소금에 대한 것을 묻는지 알 수가 없어 더욱 불안해졌다.

감녕은 합비에 정착하여 착실하게 살아보려고 하였지만, 나라가 어지러워지자 탐관오리들이 기승을 부렸다. 그는 탐관오리들에게 상납을 해왔던 지난날들이 떠올라 점점 불안해졌다.

'상납을 하라고 저러는 것인가… 대체 흠차관에게는 얼마나 상납을 해야 하지…….'

감녕은 그러지 않아도 일감이 없어 사정이 어려운데 얼마나 상납을 해야 하나 걱정이 되었다.

"자네 염상을 해볼 생각은 없는가?"

"예? 여, 염상을 말입니까!"

수현의 제안에 감녕은 놀라서 말까지 더듬거렸다.

감녕이 그러는 이유는 후한 시대의 관리들 대부분이 염상 출신이기 때문이었다.

염상들은 소금으로 막대한 부를 축적했고, 풍부한 금력을 바탕으로 정계(政界)에 진출했다.

그들은 관리가 되어서도 기득권인 소금 전매를 더욱 철저하게 관리했다.

만약 허가받지 않은 자가 소금을 생산하거나 판매를 한다면 차꼬(죄수를 가두어 둘 때 쓰던 형구. 두 개의 기다란 나무토막을 맞대어 그 사이에 구멍을 파서 죄인의 두 발목을 넣고 자물쇠를 채우게 하는 형벌)를 채우게 하였다.

이처럼 염상은 하고 싶다고 해서 할 수 있는 그런 것이 아니었다. 그런데 지금 흠차관 수현은 감녕에게 염상이 되어볼 용의가 있냐는 제안을 한 것이다.

당사자인 감녕이 놀란 것은 당연한 반응이었고, 조운, 태사자, 장합도 그런 제안에 놀란 표정을 내보였다.

그때였다.

"각하, 관원들이 영접을 나옵니다."

장합의 말에 수현은 고개를 돌려 정면을 바라보았다.

그러자 북해국의 상(相) 공융이 속관들을 이끌고 항구로 들어서는 것이 보였다.

"이보게, 선주. 이런, 자네 이름이 뭐라고 하였지?"

당연히 감녕의 이름을 알고 있는 수현이었지만, 마치 기억하는 것이 귀찮다는 말투로 물었다.

"소인, 감녕이라 하옵니다!"

"내 제안에 관심이 있거든 함께 온 이들이 묵는 객잔에서 기다리고 있게. 내 조만간 그대를 찾아가도록 하지. 어떠한가?"

"그리하겠나이다!"

감녕은 이게 웬 횡재인가 싶어 큰 소리로 답을 했다. 그러자 수현은 조운을 바라보며 말했다.

"도위, 병사 하나를 보내어 객잔을 알아보게."

"예, 각하."

그렇게 감녕은 병사와 함께 자리를 떠나갔다.

그러자 입가에 엷은 미소를 만드는 수현이었다. 그는 어느 누구도 눈치챌 수 없게 감녕이 북해에 머물도록 만들어 버렸다.

잠시 기다리자 공융이 수현 앞에 오더니 극진한 모습으로 예를 올렸다.

"흠차관 각하, 소인 북해국을 책임지는 공융이라 하옵니다. 원로에 얼마나 노고가 크셨는지요."

"반갑소, 내 잠시 이곳에 머물 것이니 그렇게 아시오."

"소인이 부중으로 모시겠나이다."

"부탁하오."

수현은 공융의 안내를 받으며 관청으로 향했고, 그 뒤를 요동의 병사들이 절도 있는 모습으로 따라갔다.

* * *

그날 저녁.

공융이 베푸는 연회에 참석했던 수현이 객청으로 돌아왔다. 그러고는 곧바로 화타를 자신의 방으로 불렀고, 잠시 기다리자 그가 나타났다.

수현이 자리를 권하자 자리에 앉는 화타였다. 부중의 시녀들이 두 사람 앞에 있는 서탁에 차를 준비하고는 밖으로 나갔다.

"원화 선생님, 그 병자는 어찌 되었습니까?"

"나이가 있어 쉽게 치료가 되지 않을 것 같습니다."

"중증입니까?"

"자경의 조모는 몇 년 전에 제가 치료를 해주었던 병자였습니다. 그러다 올해 초에 재발을 하였다고 하더군요."

"실례가 되지 않는다면 환자에 관한 것을 알아도 되겠는지요?"

"원래 환자의 병증은 함부로 발설하지 않지만, 각하의 부탁을 외면할 수는 없지요. 더구나 각하께서는 서역의 의술에 조예가 깊으시니 저도 도움이 될 것 같습니다. 괜찮으시면 은서를 오라고 하여 그 아이가 있는 자리에서 병증을 논하고 싶습니다."

"아! 선생님의 제자이니 그리하시지요. 밖에 누가 있느냐!"

수현의 외침에 문이 열리더니 시녀 하나가 들어와 허리를 숙여 보였다.

"너는 원화 선생님의 제자들 중에 은서라는 아이를 데리고 오너라."

"예, 흠차관 각하."

시녀가 조심스럽게 나가자, 두 사람은 이런저런 한담을 나누며 기다렸다. 잠시 시간이 흐르자 화타의 애제자 고은서의 음성이 문밖에서 들려왔다.

"스승님, 접니다."

"들어오너라."

수현은 안으로 들어오는 고은서를 보고는 내심 놀랐다.

'허, 벌써 저리 컸나…….'

처음 고은서를 보았을 때만 하더라도 어린 소녀처럼 여겨졌었다. 그런데 해를 넘기고 몇 개월 만에 다시 만난 고은서는 어느덧 성숙한 여인이라는 인상을 심어주었다.

고은서가 수현에게 공손히 허리를 숙이며 인사를 하자, 그의 입가에 미소가 만들어졌다.

"원화 선생님, 은서가 이제는 혼인을 하여도 될 것 같습니다."

"그러고 보니 이 아이도 이제 열다섯이니 혼인을 할 때가 되었군요. 말이 나온 김에 각하께서 좋은 혼처를 소개해 주시겠습니까?"

두 사람의 그런 말에 고은서의 얼굴이 붉게 달아올랐다. 그런 모습이 너무나 귀엽게만 느껴지는 수현이었다.

화타의 부탁에 문뜩 누군가 떠올랐고, 수현은 재빨리 계획을 세워 나갔다.

수현은 유엽이라면 고은서와 격이 어울린다고 생각했다.

'유엽은 황실의 종친이고, 은서는 고구려 왕자의 딸이니 어느 한쪽이 치우치지는 않는데…….'

그런 생각이 든 수현은 두 사람이 혼인을 하는 것을 상상해 보았다.

만약 유엽이 고은서와 혼인을 한다면 당사자를 포함하여 노숙, 감녕 이 세 명 중에 한 명은 확실하게 자신의 사람이 될 수 있을 것으로 보았다.

'문제는 어떻게 두 사람을 연결하는…….'

말이 혼인이지, 결코 쉽지 않은 일이라는 것을 누구보다도 잘 아는 수현이었다.

그는 어떻게 해야 두 사람의 자연스러운 만남을 성사시킬 수 있을까를 두고 고민을 했다.

그러던 중에 자신 앞에 있는 화타가 눈에 들어왔다.

수현은 화타를 이용한다면 두 사람은 무난하게 맺어질 것이라고 예상하였고, 그런 생각을 하자 저절로 입가에 웃음꽃이 피어났다.

그런 수현의 표정을 보고는 화타가 물었다.

"좋은 혼처가 떠올랐는지요?"

"당사자가 어떻게 받아들일지는 모르겠지만 생각나는 곳이 있습니다."

"그렇습니까! 어느 가문의 자제인지요?"

"노숙의 친우라 하였던 유엽을 만나보셨는지요?"

"예, 그럼 그 청년을 은서의 배필로 생각하고 계시는 것입니까?"

"은서가 보통 신분이 아니잖습니까. 그것을 감안한다면 유엽만 한 사람을 찾기가 어렵다고 보아집니다. 황실의 종친이니 서로 격이 맞겠지요. 아니 그렇습니까?"

그런 말에 화타는 수긍이 되었다. 만약 그렇게만 된다면 두 사람에게 그리 나쁘지만은 않다고 생각하며 제자 고은서를 바라보았다.

고은서의 부친은 고국을 떠나는 딸의 미래를 화타에게 위임을 했다. 그런 이유 때문에 그다지 싫은 내색을 보이지 않는 그녀였다.

"은서야."

"예, 스승님."

"네가 싫지만 않다면 유엽이라는 공자와의 혼인을 추진해 보마. 물론 당사자가 거절할 수도 있다."

"저는 스승님의 뜻에 따르겠습니다."

"알았다, 그럼 내 적극 추진을 해보마."

그러면서 화타는 수현에게 진심으로 고마워하였다.

잠시 고은서의 혼인을 두고 이런저런 얘기를 나누던 화타가 제자를 보며 말했다.

"너는 아는지 모르지만 여기 계시는 흠차관 각하께서는 서역 의술에 정통하신 분이시다. 네게 도움이 될까 하여 부른 것이니 경청하여라."

"예, 스승님."

그때부터 화타는 노숙의 조모에 대한 병증을 자세히 설명을 했다. 수현은 가만히 듣고 있다가 종종 궁금한 것을 묻고는 하였다.

반각 정도 이어진 설명이 끝나자 화타가 수현의 견해를 물었다.

"각하께서는 병자를 어찌 보십니까?"

"제 생각에는 그 병은 일종의 부자병인 것 같습니다."

"부자병이라니요?"

"노숙은 가문이 부유하다고 하셨지요, 그러니 조모를 극진히 섬겼을 겁니다."

"그렇습니다. 자경, 그 사람의 효심이야 근동에서 모르는 자가 없을 정도이지요."

"그러다 보니 활동은 적은데 기름진 음식을 많이 섭취하였을 것입니다. 이것이 병의 원인이라고 봅니다."

"각하, 그럼 병을 어찌 치료해야 하는지요?"

갑자기 고은서가 그처럼 물어왔다.

화타는 제자가 궁금한 것은 참지 못하고 어떻게든 알아내려 노력한다는 것을 알고 있었다. 하지만 수현이야 그런 것을 모를 것이고, 괜히 흠차관의 심기를 거슬린 것만 같아서 불안해졌다. 그 때문에 자신도 모르게 표정이 굳어졌다.

그러나 화타의 마음과 달리 수현은 고은서에게 자세히 설명하기 시작했다.

"본디 사람은 가만히 있으면 병이 생긴다. 그 대표적인 병증이 욕창일 것이다. 너는 욕창을 아느냐?"

"예, 장시간 같은 자세로 있는 환자에게서 발병합니다. 피부괴사가 가장 대표적인 증상입니다."

"제대로 알고 있구나. 노숙의 조모 또한 그런 환자와 다름이 없다. 쉽게 말하면 활동을 하지 않아서 생기는 병으로 보아야 할 것이다."

그러자 듣고 있던 화타가 수현에게 물었다.

"그럼 치료법을 알고 계시는지요?"

"간단합니다. 기름진 음식을 멀리하고, 꾸준하게 몸을 움직이는 것입니다. 다만 너무 무리하면 오히려 부작용이 생길 수 있습니다."

수현이 판단하기에 노숙의 조모가 앓는 병은 현대 사회에서는 너무나 흔한 성인병이었다.

그러나 후한 시대인 이곳에서는 대부분의 사람들은 춘궁기를 걱정해야 할 정도로 궁핍했다. 그러니 아무리 뛰어난 화타라 하여도 쉽게 병을 치료하지 못하고 있었다.

그런 말에 화타는 무언가 깨달은 듯이 말이 없어졌다.

갑자기 넋을 놓고 멍하니 있는 화타를 바라보던 고은서가 어찌할 바를 모르자 수현이 살며시 손짓을 했다. 그의 손짓에 고은서는 조심스럽게 일어나더니 수현을 따라 밖으로 나갔다.

두 사람이 밖으로 나간 줄도 모르고, 무언가에 심취해 있던 화타가 자리에서 일어났다. 그러더니 괴상스러운 몸짓을 해보였다. 화타의 몸짓은 마치 호랑이, 사슴, 곰, 원숭이, 새의 움직임처럼 보였다.

훗날의 얘기지만 화타는 이날의 깨달음을 통해 오금희(五禽戲)를 창안하게 된다.

* * *

다음 날, 북해국의 조당.

조회 시간이 다가오자 조당에 있는 공융을 비롯한 북해국의 관리들은 잔뜩 긴장한 모습으로 수현을 기다리고 있었다.

그런 긴장감 속에서 기다리던 중에 갑자기 조당의 문이 열렸다.

열려진 문을 통해 수현이 나타났고, 그 뒤를 보좌관 장합, 독우 태사자, 도위 조운이 따랐다. 수현이 조당의 상석으로 가서 자리를 잡자 공융이 정중히 인사를 했다.

"흠차관 각하를 뵈옵니다."

"흠차관 각하를 뵈옵니다."

공융을 따라서 모든 관리들이 수현을 향해 허리를 숙여 보였다.

"다들 자리에 앉으시오."

그러자 북해국의 관리들이 조심스럽게 좌정을 하며 수현을 바라보았다. 잠시 그런 관리들을 훑어보던 수현이 공융을 바라보았다.

"상은 여가 왜 이곳에 왔는지 궁금할 것이오."

"흠차관 각하께 아룁니다. 비록 소인이 부족하다지만 최선을 다해 다스리고 있습니다. 부디 그 점을 감안하여 주시기를 청하옵니다."

"물론 여도 상의 노고를 인정하는 바이오. 다만 여가 염려하는 것은 근자에 청주 일대를 비롯하여 연주에서도 황건적의 잔당들이 나타난다는 소문을 접하였는데, 그게 사실이오?"

"그러하옵니다. 청주 지역과 연주에서도 황건적의 잔당들이 출몰한다고 들었나이다."

"그럼 대비책은 있으시오?"

"황송하오나, 놈들의 근거지를 태산으로 추정하고 있습니다. 태산은 워낙에 산세가 험악하여 토벌이 여의치가 않사옵니다."

그 말에 수현은 수긍이 되었다.

태산(泰山)!

중국 산동성(山東省) 중부에 위치하였고, 중국인들은 5대 명산의 하나인 동악(東岳)으로 부르며 신성하게 여겼다. 특히 진나라 시황제(始皇帝)를 시작으로 한나라 무제(武帝)를 포함하여 많은 황제들이 이곳에서 봉선의식을 치렀다.

수현은 중국인들이 신성시하는 태산에 황건적의 잔당들이 자리를 잡고 있다면 결코 토벌이 쉽지 않을 것이라고 생각했다.

"흠차관 각하, 청주 지역 황건적 잔당의 두령이 관해란 자이옵니다. 소문에 의하면 그 용력이 가히 역발산기개세라 하옵니다."

공융의 말에 고개를 끄덕거리는 그였다.

'역시 관해가 청주 지역의 두령이구나.'

"지금이야 놈들이 이곳에는 그다지 관심이 없지만, 언제든지 놈들이 대규모로 나타날 수 있을 것으로 보아집니다."

손소가 공융을 거들기 위해 그처럼 말하자 대부분의 속관들은 고개를 끄덕거렸다.

잠시 고민을 하던 수현이 북해국 관리들의 맞은편에 앉아 있는 자신의 무장들을 바라보며 입을 열었다.

"준예, 자네는 어떻게 이곳을 방비할 생각인가?"

"청주 지역의 황건적은 수십만에 이른다고 들었습니다. 그런 대규모의 인원이라면 당연히 식량 사정이 어려울 것으로 여겨집니다."

"그것은 여의 생각과 같네. 지금은 춘궁기이니 더욱 저들의 식량 사정이 어렵겠지. 대비책은 있는가?"

"청주 지역 곳곳에 분산 보관되어 있는 식량을 이곳 성내로 옮겨 적들의 침공에 대비하여야 합니다."

그러자 수현은 이번엔 태사자를 보며 물었다.

"자의는 여기가 고향이지?"

"그러하옵니다, 각하."

"자네의 생각은 어떤가?"

그러지 않아도 공융은 태사자를 만나고 싶었다.

그동안 그의 모친을 극진히 보살펴 왔으니, 태사자에게 부탁하여 이번 감찰을 무사히 넘기고 싶은 공융이었다.

그러나 아직 태사자에게 말조차 걸어보지를 못한 상태였다.

그런 공융의 마음을 알 리가 없는 태사자는 수현의 물음에 답을 내놓기 시작했다.

"저는 준예의 생각이 옳은 것 같습니다. 다만 한 가지 추가하고 싶은 것은 식량을 미끼로 하여 황건적을 유인, 섬멸하는 것입니다."

"그 계획은 차후에 따로 듣는 것으로 하지."

수현은 태사자의 계획을 이 자리에서 밝힐 수는 없다고 곧바로 판단을 내렸다.

이곳의 관리들 중에 황건적들과 내통하는 자가 있을 수도 있어 그런 결정을 한 것이다. 그러면서 의동생 조운을 바라보았다.

"자룡."

"예, 각하."

"자네도 두 사람과 같은 의향인가?"

"그렇습니다. 식량은 소모품입니다. 언젠가는 비축한 식량이 부족할 것이고, 그전에 황건적의 잔당을 유인하여 소탕한다면 감히 놈들은 이곳을 다시는 넘보지 못할 것입니다."

그러자 이번에는 반대편에 있는 공융을 바라보며 물었다.

"상은 이런 계획을 어떻게 생각하나?"

"그리만 된다면 무엇을 더 바라겠습니까."

"북해국 상 공융은 명을 받으라!"

그러자 공융이 자리에서 일어났고, 덩달아 모두 자리에서 일어나 수현을 바라보았다.

"천자를 대신하는 흠차관의 권한으로 명한다! 이 시각부로 청주 지역에 분산 보관 중인 식량을 성내로 옮기도록 하라! 황건적을 유인하여 소탕하는 계획은 차후에 다시 논하기로 한다! 즉시 시행하라!"

"흠차관 각하의 명을 받자옵니다."

그렇게 조회가 끝나자 수현은 자리에서 일어나 조당을 빠져나갔다. 그리고 자신의 거처로 향하는 중에 뒤따라오는 태사자를 보며 입을 열었다.

"자의, 자네는 모친께 가보아야 하지 않겠는가. 다녀오게."

"그리해도 되겠는지요?"

"전에 말하지 않았나. 내가 왜 이곳에 왔는지를 벌써 잊었는가? 자네의 모친을 요동으로 모시기 위함이었네. 가능하면 성내로 들어오도록 하게. 그런 후에 요동으로 함께 떠나면 될 일이네."

"감사합니다! 주공!"

"예는 그만 차리고 어서 가보게. 아! 자네에게 말을 내어주라고 부중의 마구간에 일러두었으니 타고 가게."

"형님, 언제 그런 것을 지시하셨습니까?"

"당연한 일이지, 어머님을 찾아가는 길인데 이왕이면 보기 좋아야 하지 않겠나. 어허! 아직도 가지 않고 뭐 하고 있나."

"주공! 감사합니다! 다녀오겠습니다!"

태사자는 공손히 허리를 숙여 보이더니 황급히 부중의 마구간으로 향했고, 그곳에서 말을 빌려 빠르게 고향 집으로 향했다. 몇 년 만에 고향 집으로 가는 것이라 태사자는 심장이 터질 것만 같았다.

그렇게 부푼 마음으로 북해성에서 한 시진 정도 달린 끝에 바닷가에 위치한 고향이 보였다. 그는 서복이 진시황의 불로초를 찾기 위해 출항하였던 곳으로 유명한 포구 근처로 말을 몰아갔다.

사람들로 붐비는 포구를 지나 계속 말을 달리자 마침내 해안가 근처에 있는 고향 집이 보였다.

히이이잉!

태사자가 고삐를 잡아당기자 말 울음소리가 요란스럽게 울려 퍼졌다. 그 소리에 해안가 마을 입구에 있던 노인 몇이 그를 바라보았다.

『삼국지 더 비기닝』 3권에 계속…